Fred Starke

Drei Söhne

novum pro

Bibliografische Information
der Deutschen Nationalbibliothek:

Die Deutsche Nationalbibliothek
verzeichnet diese Publikation in
der Deutschen Nationalbibliografie.
Detaillierte bibliografische Daten
sind im Internet über
http://www.d-nb.de abrufbar.

Alle Rechte der Verbreitung,
auch durch Film, Funk und Fernsehen,
fotomechanische Wiedergabe,
Tonträger, elektronische Datenträger
und auszugsweisen Nachdruck,
sind vorbehalten.

Gedruckt in der Europäischen Union
auf umweltfreundlichem, chlor- und
säurefrei gebleichtem Papier.

© 2025 novum publishing gmbh
Rathausgasse 73, A-7311 Neckenmarkt
office@novumverlag.com

ISBN 978-3-7116-0302-9
Lektorat: Dr. Annette Debold
Umschlagabbildung: Fred Starke
Umschlaggestaltung, Layout & Satz:
novum Verlag

www.novumverlag.com

„Um Erfolg zu haben, musst du den Standpunkt des anderen annehmen und die Dinge mit seinen Augen betrachten."
Henry Ford

Inhaltsverzeichnis

Das Erste Treffen 11
Zurück nach Karlsruhe 29
Christian 35
Wolfgang 65
Günter 99
Die Familienunternehmer Meidinger 137
Schuhdorf Hauenstein – Heimat
der Meidingers 143
Die Familienstrategie der Meidingers 151
Anlage- und Unternehmens-Strategien
am Beispiel der Unternehmer Flick –
Quandt Kennedy – Buffett – Tepper 157
Epilog 167
Übersicht über die Personen 181

Als Publizist muss ich begreifen, was andere ergreift – dies zu ergründen, treibt mich an.

Alle Menschen sind gleichwertig, und doch ist jeder ein Individuum, einmalig wie sein Fingerabdruck mit individuellen Fertigkeiten, Fähigkeiten und Kenntnissen.

Bis zum Ende der letzten Eiszeit vor ca. 10.000 Jahren waren die Menschen hauptsächlich als Jäger, den Herden folgend, und Sammler tätig. Der Klimawandel in Verbindung mit einem deutlichen Temperaturanstieg machte Landwirtschaft – Ackerbau und Viehzucht – und damit die Sesshaftigkeit möglich. Zu den kulturellen Entwicklungszentren gehörte maßgeblich Mesopotamien; hier im Zweistromland fanden die Menschen gute Bedingungen zum Pflanzenanbau. Gräser wie Weizen waren für die Entstehung der Zivilisation entscheidend. Tiere, zunächst vorwiegend Rinder, lieferten Milch und Fleisch, wurden aber auch zur Arbeit eingesetzt. Das Pflügen der Felder wäre ohne Nutztiere nur bedingt möglich gewesen. Der Mensch kann bis 100 Watt Leistung erbringen – Rinder und Pferde 8–10 Mal so viel. Unsere Vorfahren benötigten nun nicht mehr alle Arbeitszeit für die Nahrungsbeschaffung und konnten sich daher anderen Dingen widmen. Das arbeitsteilige Handwerk entwickelte sich.

Heute wird die 40- bzw. 35-Stunden-Woche häufig thematisiert. Gemeint ist die bezahlte Regelarbeitszeit der weisungsgebundenen Erwerbstätigen.

Wenn ich mich frage, was meine Mitmenschen antreibt, muss ich mir klarmachen, dass wir tatsächlich eine 112-Stunden-Woche haben.

24 Stunden pro Tag minus 8 Stunden Schlaf = 16 Stunden x 7 = 112 Stunden Wachzeit.

Ähnlich wie bei der gesamten Entwicklungsgeschichte der Menschen wird der Anteil der selbstbestimmten Zeit im Vergleich zu der weisungsgebundenen, fremdstrukturierten Zeit nicht zuletzt durch den Maschinen- und Computereinsatz größer.

Selbst Mitmenschen, die im Berufsleben nahezu gleiche Arbeitsplätze ausfüllen, können sich in ihren Tätigkeiten, die sie in der frei verfügbaren Zeit ausüben, deutlich unterscheiden. Die einen betätigen sich im Ehrenamt, andere wiederum sind sportlich aktiv, nutzen Weiterbildungsmöglichkeiten oder sind kreativ tätig.

Das persönliche Leistungspotenzial hängt von unseren Begabungen ab. Durch Lernen und Praktizieren beeinflussen wir schließlich unser Leistungsangebot. Um erfolgreich wirken zu können, brauchen wir eine möglichst gute körperliche, geistige und seelische Verfassung, um auch Beeinträchtigungen und Behinderungen ausgleichen zu können. Manche gelangen während ihrer Lebensspanne in Politik – Wirtschaft – Sport und Kultur zu Ruhm und Reichtum; andere leisten verlässlich und kontinuierlich Gewaltiges, ohne die verdiente Anerkennung zu erhalten. Welche Erfolgsgeheimnisse sind entscheidend? Neben dem eigenen Leistungsangebot sind die Rahmenbedingungen und vor allen Dingen unsere Mitmenschen wichtige Erfolgsfaktoren. Der Schlüssel zum Erfolg sind letztendlich unsere Mitmenschen. Sie kaufen unsere Produkte, geben uns ihre Stimme und damit Mandate, sie werden unsere „Follower".

Auch in der vorliegenden Arbeit über Familie Meidinger werde ich die Protagonisten, eingebunden in das wirtschaftliche und politische Zeitgeschehen, in ihrer Gesamtheit darstellen.

Manfred (Fred) Starke

Das Erste Treffen

Sie haben Ihr Ziel erreicht!

Die vertraute Stimme meines Navigationssystems hat mich direkt auf den Parkplatz vor dem Rebenhof geführt. Ich steige aus meinem 2er-BMW und knöpfe die Jacke zu – es ist kalt an diesem klaren Oktoberabend. Die Parklücken neben meinem PKW sind frei – auf dem folgenden Platz rechts steigt eine Familie in einen Kleinbus. Die vier Kinder streiten um die besten Plätze, dann schließt der Vater mit Schwung die Schiebetür, steigt selber ein, setzt seinen VW-Bus zurück und fährt davon. Damit ist der Blick auf das Deutsche Weintor freigegeben. Das 18 m hohe Wahrzeichen der Deutschen Weinstraße ist an diesem Abend romantisch ausgeleuchtet.

Meinen Trolley hinter mir herziehend gehe ich in den Rebenhof; hier hat Karl Meidinger ein Zwei-Tage-Arrangement für mich gebucht. Auf dem Weg zur Rezeption registriere ich zur Linken den offenen, großzügigen Gastronomiebereich. Auf dem Parkplatz waren mir bereits Reisebusse aufgefallen, die den Eindruck einer typischen Ausflugslokalität bestätigten. Häufig ist die Anreise in solchen Hotels auf Sonntagabend datiert, was mir gelegen kommt. Bei dem vorgegebenen Pfälzer Menü und einer kleinen Weinprobe würde ich meinen Gesprächspartner in entspannter Atmosphäre kennenlernen. An der Rezeption erfahre ich, dass die Gästezimmer alle den gleichen Komfort bieten, jedoch unterschiedlich groß sind. Da ich außerhalb der Ruhezeiten keinen längeren Aufenthalt im Zimmer eingeplant habe, bin ich mit einem der kleineren Räume einverstanden, den ich beziehe. Mit nochmaligem Durchlesen des handgeschriebenen Briefes von Herrn Meidinger bereite ich mich auf das Treffen vor.

Pünktlich zur verabredeten Zeit 18.30 Uhr kommt ein agiler, mittelgroßer älterer Herr auf meinen Tisch zu, schaut mich fragend an, und nachdem ich zur Begrüßung aufgestanden bin, streckt er mir seine Hand freundlich lächelnd entgegen und begrüßt mich: „Meidinger, Ihre Verabredung – vielleicht erinnern Sie sich an unser kurzes Treffen beim IHK-Empfang". Nach ein paar belanglosen Sätzen wie seiner Frage nach meiner Anreise bringt die Bedienung ein Glas Sekt, welches zur Einstimmung auf die Schlemmertage zum Arrangement gehört. Mein Gastgeber hat für die beiden folgenden Tage die gleiche Speisen- und Getränkereihenfolge für sich dazugebucht.

„Sekt und anschließend eine Weinprobe – ich bin froh, hier im Hotel untergebracht zu sein, denn selber Auto fahren wäre nicht mehr ratsam." Diese meine Bemerkung versteht Herr Meidinger auch als Frage. „Mein Führerschein ist mit 67 Jahren in Rente gegangen. Ich hatte ihn gleich mit 18 gemacht und mit 85 zurückgegeben. Für die Fahrten, die für mich noch wichtig sind, leiste ich mir ein Taxi; ansonsten bin ich sowieso viel zu Fuß unterwegs, um mich fit zu halten." Diese Aussage von Herrn Meidinger überrascht mich vor allen Dingen wegen der Altersangabe, und auf Nachfrage erfahre ich, dass er bereits 89-jährig, seit zwei Jahren verwitwet, in einem nahe gelegenen Appartementhaus am Rande von Bad Bergzabern lebt.

Ende der 70er Jahre, als seine Meidinger-Schuhfabrik erfolgreich am Markt agierte, hatte das Fabrikantenehepaar im Bad Bergzaberner Gebiet ein Appartementhaus gebaut; dieses wird bis heute für Ferienwohnungen und zum Betrieb eines Hotels genutzt. Außerdem gibt es zwei Praxen im Erdgeschoss, wobei eine von einem Badearzt und die andere als Physiotherapie-Zentrum betrieben werden. Schon in der Bauphase wurden Ferienwohnungen verkauft; das Ehepaar Meidinger behielt neben einigen Ferienappartements die Praxisräume und den Hotelbereich, die von Anfang an verpachtet sind, im Portfolio. Eine Ferienwohnung ist dauerhaft eigengenutzt, diente viele Jahre als zur Schuhfabrik nahe gelegenem Rückzugsort und später bis heute als Altersruhesitz. Nicht ohne Stolz bemerkt Herr Meidinger:

„Sie wissen doch, Unternehmer kommt von unternehmen! Schon in der Blüte unserer Jahre überlegten meine Frau und ich, wie wir im Alter versorgt sein würden. In unserem Appartementhaus mit angeschlossenem Hotel und den Praxen war eine dauerhafte Rundumversorgung in eigenen Räumlichkeiten gewährleistet."

Mittlerweile wird das dreigängige Pfälzer Menü mit den korrespondierenden Weinen serviert.

Da ich bis zu meinem Renteneintritt mit 68 Jahren für verschiedene Zeitungen als freier Journalist tätig war, hatte ich das Gefühl entwickelt, wann ich zum Small Talk übergehen sollte. Die Weinprobe nimmt Herr Meidinger zum Anlass, um von seinen Treffen mit mittelständischen Schuhhändlern, die er als seine Kunden in die hauseigene Vinothek des Deutschen Weintors eingeladen hatte, zu berichten. Hier traf man sich in entspannter Atmosphäre, bevor die Betriebsbesichtigung und Produktschulung am Folgetag stattfand.

„Sicherlich hat ein Sommelier die Erklärung rund um die Weine übernommen, sodass es für Sie als Gastgeber nicht leicht war, das Gespräch, in dessen Mittelpunkt bei einem Geschäftstreffen die Schuhe stehen sollten, zu steuern?", frage ich mein Gegenüber. „Da hatte ich zwei bis drei passende Geschichten parat. Zum einen der Hinweis auf Hans Sachs, den wohl berühmtesten Schuster des 16. Jahrhunderts; er wanderte als Geselle quer durch Deutschland, bevor er sich als Meister im heimischen Nürnberg niederließ. Seine Berühmtheit erlangte er als aktives Zunftmitglied der Meistersinger, für die er mehr als 400 Meisterlieder gedichtet hat.

Zum anderen der berüchtigte Schuster Wilhelm Voigt, der als Hauptmann von Köpenick in die Ganovengeschichte einging –

kein Geringerer als der legendäre Heinz Rühmann verkörperte seine Rolle als Gardeoffizier, der mit einer kleinen Abteilung Soldaten im Rathaus einen Bürgermeister verhaftete und unter militärischer Bewachung nach Berlin transportieren ließ, um selber die Stadtkasse auszurauben.

Insbesondere jüngere Teilnehmer waren an Gesprächen über die Gebrüder Dassler, den legendären Schuhfabrikanten mit ihren Marken Adidas und Puma, interessiert."

Unvermittelt, bei unserer letzten Weinprobe, erhebt Karl Meidinger das Glas sichtbar feierlich: „Da Sie in der nächsten Zeit in meine Familiengeschichte eintauchen werden und mir bei der Niederschrift helfen wollen, möchte ich Ihnen als der Ältere das Du anbieten. Ich heiße Karl." Ich bin ein wenig erstaunt, zumal ich von Anfang an darauf hingewiesen habe, dass ich nunmehr als Rentner seit drei Jahren bei der Erstellung von Biografien mitwirke, mir jedoch eine gewisse Bedenkzeit ausgebeten habe. Diese Gedanken gehen mir sekundenschnell durch den Kopf, wobei mein Gefühl mir sagt, dass ich gerne mit Herrn Meidinger arbeiten wolle. Auch ich hebe mein Glas:
„Manfred Starke, von allen nur Fred genannt."

Mit meinem neuen Duz-Freund verabrede ich mich für den nächsten Morgen um 9.00 Uhr vor seinem Appartementhaus, dessen Adresse ich dem Briefkopf seines Schreibens entnehme.

Von dem reichhaltigen Frühstücksbüfett habe ich nur eine Schale Müsli genommen und dazu ein Kännchen Tee bestellt – zu üppig war das Drei-Gänge-Menü am Vorabend. Nun stehe ich auf dem Parkplatz neben meinem BMW und bemerke den Fahrer, der einen der beiden verbliebenen Reisebusse startklar macht. Ich gehe auf ihn zu, wünsche einen guten Morgen und suche das Gespräch, indem ich ihn nach der für heute geplanten Fahrtroute frage. Zuerst machen wir einen kurzen Abstecher mit Stadtrundfahrt ins nur zwei Kilometer entfernte Wissembourg.

Zurück in Schweigen-Rechtenbach beginnt dann die 80 km lange Fahrt über die Deutsche Weinstraße nach Bockenheim. Unterwegs besuchen wir ein Weingut, zum Mittagessen legen wir einen Stopp in Wachenheim ein. Während der Rückfahrt über die A65 nach Karlsruhe stärken sich die Reiseteilnehmer mit Kaffee und Kuchen, um gegen Abend den Busbahnhof Karlsruhe zu erreichen. „Eure Endstation?", frage ich. „Ja, Ausgangspunkt und Endstation", antwortet der Fahrer. „Gestern pünktlich 8.00 Uhr sind wir dort gestartet, um ebenfalls über die A65 bis zur Ausfahrt Kandel und dann weiter auf der B427 nach Bad Bergzabern zu fahren. Laut Programm steht den Reiseteilnehmern der Sonntag hier bis 17.00 Uhr zur freien Verfügung – dann geht es weiter zum 7 Kilometer entfernten Rebenhof." Sagt's und überreicht mir einen Flyer seines Reiseveranstalters mit den Worten: „Wenn Sie einmal mit uns fahren möchten oder uns empfehlen würden ..."

Mittlerweile trudeln die Ausflügler ein. Der Busfahrer hilft beim Verstauen der Koffer und Taschen im Gepäckraum; dann nehmen alle ihre Plätze ein.

Ich gehe zurück zu meinem Wagen, winke kurz, und der Busfahrer verabschiedet sich mit einem kurzen Lichtsignal, bevor jeder seinem nächsten Ziel entgegenfährt.

In seiner Wegbeschreibung hat Herr Meidinger das Ferienwohngebiet als Musikerviertel bezeichnet und die BioMed-Fachklinik als Orientierungspunkt angegeben. Diesen Angaben folgend werde ich bereits auf der Zufahrtsstraße erwartet, und Karl steigt zu mir ins Auto. Schon bei der Begrüßung bemerke ich, dass mein Gesprächspartner heute sehr ernst ist. Ich möchte unser nächstes Ziel ins Navigationssystem eingeben, was er mit einer heftigen Handbewegung verhindert. „Wir fahren jetzt zu Christians Grab, wobei die Familie seine letzte Ruhestätte bewusst außerhalb und möglichst anonym gewählt hat.

Unser ältester Sohn ist Ende 1982 auf tragische Weise ums Leben gekommen. Er wurde als RAF-Sympathisant eingestuft und hatte in den letzten Jahren seines Lebens, mehr als uns lieb war, mit der Polizei zu tun; sein Unfalltod stand allerdings hiermit nicht in direkter Verbindung. Er wurde im Dezember 1982 bei einer abendlichen Verkehrskontrolle angehalten, weil ein gefährlicher Strafgefangener am gleichen Tag beim Freigang geflohen war und nun alle Autos überprüft werden sollten, um festzustellen, ob neben dem Fahrer noch eine weitere männliche Person im Wagen sitzt. Dies konnte unser Christian nicht wissen, und weil in diesem Herbst die Terroristen der zweiten Generation Brigitte Mohnhaupt, Adelheid Schulz und im November Christian Klar verhaftet wurden, war die Szene extrem nervös. Unser ältester Sohn gab Gas und flüchtete, verfolgt von einer Motorradstreife. Nach ca. 3 Kilometern kam er von der Straße ab, prallte gegen einen Baum und verstarb noch am Unfallort.

In tiefer Trauer wählten wir die letzte Ruhestätte. Unser ältester Sohn sollte auf einem abgelegenen Friedhof nahe Annweiler den Frieden finden, der ihm in den letzten Jahren seines Lebens nicht vergönnt war; außerdem wollten wir keine Kultstätte für ehemalige oder zukünftige Gesinnungsgenossen schaffen."

Das soeben Gehörte macht auch mich betroffen und ohne einen weiteren Wortwechsel folge ich den kurzen Anweisungen von Karl Meidinger, bis wir einen abgelegenen Friedhof erreichen, den Wagen parken und ich mich zu Christians Grab führen lasse.

Im Anschluss an den Friedhofsbesuch haben wir eine besinnliche Wanderung geplant. Die Touristikinformation der Südlichen Weinstraße weist verschiedene Wanderwege aus – wir haben den Annweiler Burgweg gewählt. Die Tour beginnt am Wanderparkplatz am Kurpark von Annweiler am Trifels. Dieser ist auch das Ziel. Nach der Burgbesichtigung geht es gemütlich bergab bis zum Ausgangspunkt der 7,5 km langen Wanderung, für die man ca. 3 Stunden einplanen sollte. Da der Grabbesuch

Karl Meidinger sichtlich ergriffen, lenke ich das Gespräch auf seinen eigenen Werdegang, obwohl wir vereinbart hatten, dass wir auf das Thema „Schuhdynastie Meidinger" im Zusammenhang mit der Biografie des zweiten Sohnes ausführlich eingehen werden.

Während unserer Wanderung, die wir gemächlich angehen und in deren Verlauf ich die erstaunliche Fitness von Karl bewundere, erzählt dieser: „Großvater, Schuhmachermeister bereits in der fünften Generation, ist zu Beginn des Ersten Weltkrieges im Januar 1915 gefallen. Er hinterließ seine Frau Elisabeth und den siebenjährigen Sohn Karl-Heinz, meinen Vater. Großmutter, deren Vorfahren seit Generationen in der Landwirtschaft tätig waren, kannte das harte Arbeitsleben seit ihrer Kindheit. Ihr Einsatz war jetzt gefragt. Die junge Witwe konnte sich auf Xaver Meyer, einen ebenso qualifizierten wie einsatzfreudigen Gesellen, verlassen. Schon als Großvater zum Kriegsdienst einberufen wurde, hatte er die Werkstatt bis zu seiner Rückkehr vertrauensvoll an Xaver übergeben.

Aus der Tradition heraus war auch für meinen Vater die berufliche Laufbahn vorgegeben – er hatte gar keine andere Wahl, als eine Lehre zum Schuhmacher im Familienbetrieb zu beginnen, den er später nach der Meisterprüfung übernehmen sollte. Xaver Meyer war meinem Vater nicht nur ein guter Ausbilder, sondern auch seit Kindertagen Vaterersatz. Großmutter Elisabeth ist nach dem Soldatentod ihres Mannes nie wieder eine Beziehung eingegangen. Auch in der nunmehr sechsten Generation standen handwerkliche Perfektion in der Fertigung, sorgfältige Materialauswahl, Heimatverbundenheit und Zuverlässigkeit gegenüber Partnern im Fokus. Im Jahre 1932 wurde die Verantwortung, die Mutter Elisabeth und Xaver Meyer 17 Jahre getragen hatten, auf meinen damals 25-jährigen Vater Karl-Heinz Meidinger übertragen. Er hatte drei Jahre zuvor seine Jugendliebe Elke Hoffmann geheiratet, und ich wurde 1930 als Stammhalter und auserkorener Betriebsnachfolger geboren."

An der ersten Rastmöglichkeit, vor einem schönen Aussichtspunkt, der einen herrlichen Blick über den Pfälzer Wald bis zur Rheinebene ermöglicht, legen wir eine Pause ein.

Nach dieser „Halbzeitrast" gehen wir gemächlich weiter, denn Karl Meidinger will seinen Lebensbericht fortsetzen – jedenfalls bis 1951, als er geheiratet hat.

„An meine Vorschulzeit habe ich nur lückenhafte Erinnerungen, die durch die Erzählungen der Eltern ergänzt wurden. Im September 1937 kam ich zur Schule. Unser Betrieb liegt in der Nähe von Hauenstein. Hier konnte die NSDAP ihren totalitären Anspruch nicht durchsetzen. In unserer katholischen Gegend dominierte das Zentrum, zusammen mit der bayerischen Volkspartei. Schülerinnen und Schüler wurden damals noch nach Konfession in katholische und evangelische Klassen aufgeteilt. Wir Katholiken hatten manche Auseinandersetzung mit den benachbarten ‚Darsteinern'. Die protestantische Gemeinde Darstein votierte schon 1930 zu 100 % für die NSDAP. Die NS-Propaganda nannte sie das erste Hitlerdorf, und nach 33 erhielt Darstein die Ehrenmitgliedschaft in der NSDAP. In der Reichshauptstadt Berlin wurde 1936 eine Straße in Köpenick nach dem pfälzischen Provinznest benannt. Der Darsteiner Weg existiert heute noch.

1940 kam mein Jahrgang in die Hitlerjugend. Aus uns ‚Pimpfen' wurden Mitglieder im Jungvolk, der Organisation für die 10- bis 14-Jährigen. Jetzt durften wir eine Uniform und ein Fahrtenmesser am Gürtel tragen. Geländespiele, Lagerfeuer und das Wirgefühl schweißten katholische und evangelische Buben zusammen. Ich konnte mich ganz gut behaupten und vor allen Dingen sportlich mithalten, sodass unser Fähnleinführer mich nach einiger Zeit zum Jungenschaftsführer machte. Im Sommer 1944 nahm ein junger SS-Offizier an einer unserer Übungen teil – beobachtete uns und warb einige, die er für geeignet hielt, in die Waffen-SS. Mittlerweile wussten wir 14-Jährigen sehr wohl, wofür die SS stand, weshalb keiner ins Heer wollte, sondern sich lieber zur Luftwaffe oder Marine meldete. Jetzt, mitten im Krieg und mit den Aussichten, schon in so jungen Jahren Soldat werden zu müssen, war die Kindheit abrupt beendet.

Mein Vater wurde ‚Uk', das bedeutete unabkömmlich, gestellt, weil unser Betrieb Stiefel für die Armee herstellte und daher kriegswichtig war.

1945 wusste jeder in der Umgebung, der Krieg war verloren, aber keiner wagte es zu sagen. Dann kam die Nachricht: Der Führer ist tot! Das Reich wurde von den Siegermächten besetzt, und die NSDAP war Geschichte. Im September 1945 begann meine kombinierte Schuhmacher- und kaufmännische Ausbildung im elterlichen Betrieb. Die Organisation übernahm mein Vater, der gleichzeitig bemüht war, die bürgerliche Ordnung im Betrieb und der Gemeinschaft herzustellen. Da er nie in die Partei oder eine ihrer Organisationen eingetreten war, zu den Hauensteinern zählte und weder Soldat noch Offizier war, galt er den Besatzern als vertrauenswürdiger Ansprechpartner.

Nach dem 20. Juni 1948, der Währungsreform, besserte sich die Gesamtsituation gefühlt schlagartig. Ich war jetzt 18 Jahre alt, hatte die Kombinationslehre mit sehr gutem Erfolg beendet und brachte mich voll in den Betrieb ein. Die Verbindung zu meiner Jugendliebe Franziska war enger als je zuvor; wir verlobten uns und beschlossen, gleich zu Beginn meiner Volljährigkeit im Jahr 1951 zu heiraten."

Es geht jetzt hinauf zum Trifels und nach der Burgbesichtigung gemütlich bergab bis zum Ausgangspunkt unserer Wanderung.

Karl Meidinger schlägt vor, dass ich ihn zurück in seine Wohnung bringe, wo sich der 89-Jährige ausruhen will, um sich später pünktlich zum Abendessen mit einem Taxi in den Rebenhof bringen zu lassen. Das ist auch mir recht, kann ich doch das bisher Gehörte in der Zwischenzeit zu Papier bringen.

Am zweiten Abend des „Kennenlernangebotes" mit zwei Übernachtungen steht ein Drei-Gänge-Wahlmenü mit Wildspezialitäten im Rebenhof-Programm. Gestern Abend haben wir bei der Weinprobe erfahren, dass sich Schweigen als Burgunderort fühlen darf. Nahe der Grenze zu Frankreich, teilweise schon auf französischem Boden angebaut, entsteht hier ein Spitzenspätburgunder – genau passend zu unserem Wildmenü. Hier im äußersten Süden der Pfalz, in einer Region, die wie kaum eine andere durch ein südlich mildes Klima verwöhnt ist, finden bekannte Weingüter auch durch die Kalkböden ideale Bedingungen vor. Karl Meidinger wollte, das ist mir heute klar geworden, sein Leben überdenken und sich fragen, welche seiner Entscheidungen richtig und welche falsch gewesen sind. Wann hatte er während der Entwicklung seiner Söhne etwas übersehen? Welche Entwicklung hätte auch eine andere Richtung nehmen können? Und welche Auswirkungen hätte dies auf sein privates Umfeld und seine Schuhfabrik gehabt? Er hatte mich als Gesprächspartner und Ghostwriter engagiert, und ich würde mein Bestes geben.

Nach unseren heutigen Aktivitäten freuen wir uns auf das Menü. Zuvor möchte Karl meine Sicht auf die 60er Jahre erfahren. Schon nach seinem Brief war ich auf diese Frage vorbereitet und versuche eine Kurzform vor dem Essen: „Das Jahr 1968, in dem ich 19 Jahre alt wurde, hat meiner Generation und der deiner Söhne einen Namen gegeben: Die 68er.

Möglicherweise als Folge der Geschehnisse während der ersten Hälfte des 20. Jahrhunderts mit zwei Weltkriegen hatte sich die Jugend von den Lebensentwürfen ihrer Elterngeneration abgewendet. Im Nürnberger Kriegsverbrecherprozess wurden bereits in der zweiten Hälfte der 1940er Jahre die Haupttäter um Adolf Hitler abgestraft. Die allgemeine Aufarbeitung des NS-Unrechts begann mit dem Ulmer Einsatzgruppenprozess 1958. Jetzt wurde jedem klar, auch der Nachbar konnte Täter gewesen sein. Die Jugend war schockiert, denn ihre Eltern gehörten zur Tätergeneration.

Ein relativ junges Phänomen, welches wir als Jugendkultur bezeichnen können, entwickelte sich parallel zur populären Musikkultur, dem Pop. Bob Dylan war mit seinem Hit ‚The Times They Are A-Changin' ein Sprachrohr der Bewegung. Bei uns wurde oft die Frage gestellt: Bist du ein Fan der Beatles oder der Rolling Stones? Beide britischen Bands stiegen innerhalb weniger Jahre zu weltweit bekannten Kultgruppen auf. Sie verkörperten aus unterschiedlichen Blickwinkeln den Zeitgeist der 60er. Die Musik der Beatles, geprägt durch eingängige Melodien und mitreißenden mehrstimmigen Gesang, wird zum Trendsetter der Jugendkultur. Wie wir heute wissen, wurden die Rolling Stones von ihrem Management gezielt als Anti-Beatles – als ‚bad boys' – vermarktet. Mick Jagger, Rockrebell, Tabubrecher und Bürgerschreck, gilt als Ikone der wilden 60er Jahre. Ihr Song ‚I Can't Get No Satisfaction' war Ausdruck der Befreiung und Hoffnung für die Jugendbewegung und Bedrohung für die Etablierten."

Das literarische Werk „Die Blechtrommel" gilt auch heute noch mit gutem Grund als „Bibel der jungen Bundesrepublik Deutschland." Der Autor Günter Grass, geboren 1927 in Danzig, wurde mit dem Nobelpreis ausgezeichnet.

Die Kraftbrühe steht schon einige Minuten vor uns. Karl Meidinger hat meine Ausführungen jedoch nicht unterbrochen, weil die Bedienung uns den Hinweis „Vorsicht, heiß!" gegeben hat. Jetzt aber war der Moment gekommen, um mit dem Essen zu beginnen. Karl hat das Zeichen gegeben und meint:

„Lass uns in Ruhe genießen, dann möchte ich die Abgrenzung Jugendkultur zu den Etablierten aus meiner Sicht kommentieren." Der Hauptgang ist wieder hervorragend, jedoch so reichlich, dass wir auf den Nachtisch verzichten und stattdessen einen Espresso bekommen. Ich schaue Karl fragend an, wollte er doch gleich nach dem Essen auf meinen kleinen Vortrag eingehen: „Meine Frau und ich sprachen im Laufe der Jahre mit unseren Söhnen oft über die Frage der Kollektivschuld. Als ‚Hauensteiner' hatten wir mit den Verbrechen des NS-Regimes nach eigener Einschätzung wenig zu tun – vielleicht nicht als Täter, aber doch als ‚Unterlasser', warfen uns die Jungen schon bald vor. Schuldbewusst machte uns die Tatsache, dass man sich der Bindung an sein Vaterland weder im Guten noch im Schlechten ganz entziehen kann. Einen weiteren Begriff hatte der erste Bundespräsident Theodor Heuss in aller Bewusstsein gerückt: den der Kollektivscham. Diesem konnte sich nach unserer Meinung, und in diesem Punkt stimmten wir mit unseren Söhnen überein, kein empathischer Deutscher entziehen.

Ich habe mich von Anfang an bei unserer zuständigen Industrie- und Handelskammer und in Verbänden stark eingebracht. Wir vertrauten auf den ‚Vater des Wirtschaftswunders' Ludwig Erhard und erlebten bis 1966 das Wirtschaftswunder mit ständig steigenden Wachstumsraten und Löhnen bei Vollbeschäftigung. In Wirtschaftskreisen waren wir von der Verlangsamung des Wirtschaftswachstums Mitte der 1960er Jahre irritiert, und die kleine Wirtschaftskrise 1966/67 machte uns mit einem Schlag klar, dass der erhoffte ‚Wohlstand für alle' nicht zwangsläufig auf uns zukam, sondern hart erarbeitet werden musste. Für die Jugendproteste der Außerparlamentarischen Opposition mit unüberhörbarer Kritik am kapitalistischen System, angeführt von Rudi Dutschke, hatten wir kein Verständnis. Auf die Diskussionswünsche meines ältesten Sohnes Christians ging ich nicht ein – habe nicht einmal versucht, meinen Standpunkt als Industrieller zu erklären, sondern ihn aufgefordert, erst einmal sein eigenes Geld zu verdienen. Diese Haltung habe ich später bereut.

Im März 1961 hatte der erste größere Forschungsreaktor in Karlsruhe seinen Betrieb aufgenommen. Acht Jahre später im März 1969 lieferte das erste kommerziell betriebene Atomkraftwerk in Obrigheim erstmals Strom ans Netz. In Wirtschaftskreisen waren wir begeistert und begrüßten, dass weitere Reaktoren folgen sollten. Wir konnten nicht verstehen, dass der Widerstand in der Bevölkerung wuchs und zugleich das Thema Umweltschutz in weiten Teilen der Bevölkerung an Bedeutung gewann. Außerdem waren wir überzeugt, dass die drei etablierten Parteien CDU/CSU, SPD und FDP das gesamte Themenspektrum ausreichend abdeckten, und irrten in der Annahme, dass keine weitere Partei notwendig wäre. Umso mehr überraschte uns die Tatsache, dass 1980 die Partei ‚Die Grünen' in Karlsruhe gegründet wurde. Es wurden neue, zumindest aber alternative politische Ideale gesucht. Schon als ich erlebte, dass die Hippie-Bewegung entstand und Jazz, Rock 'n' Roll, Beat und Rock die Distanzierung von der Elternbewegung verstärkten, fehlte mir jedes Verständnis."

Hier unterbreche ich Karl Meidinger mit der Frage:
„Am Lebenslauf deiner drei Söhne wollen wir die parallel laufenden Entwicklungen und Strömungen doch sicherlich aufarbeiten? Es war ja schließlich nicht alles falsch, was ihr Vorkriegsgeborenen später geschaffen habt. Im Gegenteil, jetzt Ende 2019 können wir von der längsten Friedenszeit der deutschen Geschichte bei relativem Wohlstand sprechen." Karl ist sichtlich erleichtert durch meine Bemerkung. Er übergibt mir einen Ordner mit der Bemerkung:

„Zunächst steht die Lebensgeschichte von Christian, meinem Ältesten, im Fokus. In diesem Ordner" erklärt er, „habe ich seit dem Zeitpunkt seines Wegzugs zur Tante nach Karlsruhe 1969 bis zu seinem Tod 1982 vieles, was mir wichtig schien, gesammelt." Fast feierlich überreicht er außerdem einen Karton, in dem, wie ich feststelle, verschiedene Fotoalben sind. Karl erklärt: „Franziska, meine Frau und gute Seele der Familie, hat mit ihrem Fotoapparat unsere Geschichte dokumentiert, die Bilder chronologisch eingeordnet und mit kurzen Kommentaren versehen. An diesen Alben hänge ich sehr, übergebe sie dir aber zu Familienstudien in treue Hände mit der Bitte um schnellstmögliche Rückgabe."

„Wann stand fest, dass euer ältester Sohn nach Karlsruhe zu seiner Tante Erika ziehen würde?", frage ich.

„Wir Eltern waren von diesem Plan zunächst nicht begeistert. Christian und seine Patentante waren ein Herz und eine

Seele, zumal sie ihm jeden Wunsch, oft auch gegen den Willen von mir und meiner Frau, erfüllt hat. Sie unterstützte unsere drei Söhne beim Lernen und zeigte sich auch gegenüber Günter und Wolfgang großzügig – die gute Tante Erika und wir, die manchmal strengen Eltern."

„Der Sprinterstar Charly Kaufmann war schließlich der entscheidende Grund, dass Christian nach Karlsruhe zog und dort zur Leichtathletik gekommen ist. Von klein an spielten unsere Jüngsten Fußball, während der Älteste früh für die Leichtathletik entdeckt wurde.

1960 anlässlich der Olympiade in Rom hat Kaufmann zwei Silbermedaillen gewonnen – manche sagen, eine Goldmedaille verloren. Nach einem sensationellen Schlussspurt flog Charly scheinbar zeitgleich im 400-m-Endlauf der Männer mit dem US-Amerikaner Otis Davis über die Ziellinie. Die Stoppuhr wies für beide Läufer 44,9 Sek. aus; nach Auswertung des Zielfotos sah die Jury den US-Amerikaner 2/100 vorn. Als Weltrekordler durften sich beide bezeichnen. Du erinnerst dich sicher an dieses Ereignis?", fragt mich Karl. „Ja sicher, und natürlich auch an die zweite Silbermedaille mit der 4 × 400-m-Staffel, die den Triumph von Rom ergänzte. Für mich war außerdem wichtig, dass Charly 1967 das Karlsruher Kellertheater „Die Käuze" gegründet hat, in dem sich meine Clique regelmäßig traf." Karl erzählt weiter. „In der Pfalz wurde die Entwicklung der Leichtathletik im nahen badischen Karlsruhe mit Interesse verfolgt; dies besonders in meiner sportbegeisterten Familie. Wir wussten, dass Kaufmann 1954 zum Karlsruher Sport-Club gekommen war und dessen Staffel verstärkte. Diese hat 1956 mit Sprintass Lothar Knörzer und der KSC-Legende Heinz Fütterer die Bronzemedaille gewonnen. Bei diesem Triumph war Kaufmann verletzungsbedingt nicht dabei.

1968 gehörte Siegfried König, der spätere Bürgermeister, zu den Olympiateilnehmern aus Karlsruhe. 1972 konnte sich auch Karlheinz Klotz vom TuS Neureut mit Bronze in die ruhmreiche Karlsruher Gruppe der Medaillengewinner einordnen.

Noch vor unserem Kaiserslauterner Fußballweltmeister Fritz Walter wurde Heinz Fütterer zum Sportler des Jahres gewählt. Er hatte bereits 1954 in 10,2 Sek. den 100-m-Weltrekord eingestellt. Erfolgstrainer Helmut Häfele, zu dessen Schützlingen auch der 100-m-Weltrekordler Armin Harry vom FSV Frankfurt gehörte, wurde von ihm im Wildpark-Stadion auf der dortigen Laufbahn trainiert. Hervorzuheben ist mit Helmut Welschinger ein weiterer Trainer, bei dem Kaufmann trainierte." Ich schaue meinen Gesprächspartner erstaunt an und frage: „Hast du das ganze sportgeschichtliche Wissen ständig abrufbereit parat?" Lachend antwortet Karl: „Ich habe mich in den letzten Tagen gut auf unser Treffen vorbereitet." Ich stelle fest, den letzten Anstoß für Christians Umzug nach Karlsruhe hat also die Leichtathletik gegeben, und frage: „Wie erfolgreich war er auf diesem Gebiet?" Karl erklärt: „Wie stolz war ich, als mein Sohn beim Karlsruher Sport-Club trainieren durfte, und wie niedergeschlagen waren wir alle, als die Diagnose Kreuzbandriss sein frühes Karriereende bedeutete. Vermutlich danach hat er neue Freunde gesucht und diese in der Karlsruher Linksradikalen-Szene gefunden." Bei den Gedanken hieran verfinstert sich die Miene meines Gesprächspartners, und ich lenke ab, indem ich das Rotweinglas hebe, um anzustoßen, und mich für alle Informationen bedanke. Wir lassen den Abend ausklingen, nicht ohne dass ich verspreche, das mir übergebene Material schnellstmöglich zu sichten und durchzuarbeiten, um mich alsbald wieder bei Karl Meidinger zu melden.

Bevor ich am nächsten Tag in meine Junggesellenwohnung nach Karlsruhe zurückfahre, werde ich nicht versäumen, einen 6er-Karton des guten Schweigener Spätburgunders in der Weintor-Vinothek zu erwerben.

Zurück nach Karlsruhe

Die Rückfahrt nach Karlsruhe nutze ich, um die letzten Jahrzehnte meines Lebens Revue passieren zu lassen. Während meiner aktiven Berufszeit reise ich als freier Publizist, manchmal in Begleitung eines Fotografen, meist aber allein, durch Deutschland und die Welt. Man muss vor Ort gewesen sein, um die Besonderheiten der verschiedenen Regionen zu verstehen. Im Nahen Osten, besonders aber in Afghanistan, dem Irak und Syrien wagte ich abenteuerliche Unternehmungen mit ungewissem Ausgang. Nur so war es möglich, das Leben der Menschen hautnah nachzuvollziehen, ihren Alltag und ihre Motive zu begreifen. Ich wollte immer der unvoreingenommene Beobachter sein und nicht nur einen kleinen Ausschnitt, sondern das ganze Bild erfassen. Grundsätzlich habe ich den Vorsatz, mit der größtmöglichen Objektivität und Aufrichtigkeit zu schreiben, wohl wissend, dass Beobachtungen, auch wenn sie sofort protokolliert werden, oftmals ungenau bleiben. In den vielen Gesprächen, die ich geführt habe, ging ich oft durch ein Wechselbad der Gefühle. Hörte ich die Argumente einer Seite, so war ich von deren Standpunkt überzeugt – bis die Gegenseite ein ganz anderes Bild zeichnete. Die Abwägung, wer nun recht hat, gehört zu den schwierigsten Entscheidungen. Grundsätzlich ist es wichtig, beide Seiten zu hören.

An Menschen nehmen wir zum Teil ganz unterschiedliche Facetten wahr; je nachdem, in welchen Situationen wir sie erleben. Für mich als Journalist ist es wichtig, auf Übereinstimmungen in Aussagen meiner Gesprächspartner, Informanten und anderer Quellen zu achten.

Mittlerweile habe ich den Karlsruher Ortsteil Mühlburg erreicht und werde von der Kaiserallee links abbiegend ins Musikerviertel kommen. Jetzt, am Vormittag, ist es verhältnismäßig leicht, einen Parkplatz zu finden. Ich darf nicht vergessen, den Anwohnerausweis hinter die Scheibe zu legen. Jetzt heißt es, in Ruhe ausladen und nach diesmal kurzer Abwesenheit nach Hause zu kommen. Meine Junggesellenwohnung im Dachgeschoss eines fünfstöckigen Wohnhauses liegt im Karlsruher Musikerviertel. Sie gleicht einem Schreibbüro – Bücherregale und ein großer Schreibtisch mit der professionellen Ausstattung eines Journalisten dominieren die ansonsten spärlich ausgestatteten Räume. Elvira, meine langjährige Lebensgefährtin, hat in der Nähe ihre eigene Wohnung. Als Musikmanagerin betreut sie verschiedene Popgruppen, macht Termine, handelt Gagen aus und organisiert den Eventablauf vor Ort. Genau wie ich ist auch Elvira wochenlang nur sporadisch zu Hause in Karlsruhe. Allein weil wir einen ganz ähnlichen Lebensentwurf haben, viel reisen und der Wunsch, ständig Neues zu entdecken, im Vordergrund steht, hat unsere Beziehung seit Jahren Bestand. Zukünftig wird auch Elvira kürzer treten; ein Käufer für ihre Agentur ist schon gefunden, und Pläne für künftige gemeinsame Unternehmungen haben wir bereits konkret geschmiedet.

Das aktuelle Projekt ist immer das Wichtigste! Ab jetzt heißt dieses: „Schuhfabrikant Karl Meidinger und seine drei Söhne" oder kurz: „Drei Söhne".

Anfang 1968, also mit 16 Jahren, war Christian in das badische Karlsruhe zu seiner Patentante Erika gezogen. Der Heranwachsende verfolgte motiviert viele Interessen gleichzeitig. Er konnte die in ihn gesetzten Erwartungen als Schüler, Sohn und Sportler erfüllen. Wann der Prozess seiner Politisierung begonnen hat und warum es zur Radikalisierung kam, will sein alter Vater mit meiner Hilfe rekonstruieren.

Christian hatte schon früh Sinn für Gerechtigkeit und Bereitschaft zum Engagement gezeigt. Die Wohnung von Tante Erika, einer beliebten Lehrerin, die Verständnis für die 68er-Jugend zeigte und ihre Schüler auch außerhalb des Unterrichts förderte, war ein beliebter Treffpunkt. Die in der Karlsruher Schulszene beobachteten Basisgruppen nutzten solche Anlaufstellen, um im APO-Sinn politisch aufzuklären. Bereits ideologisch gefestigte Schüler der Oberstufe klärten die jüngeren über die nationalsozialistische Vergangenheit der Elterngeneration, den Imperialismus und den Kapitalismus auf; dies geschah allerdings aus monokausalistischer linker Sicht. Die Elterngeneration glaubte die Bundesrepublik Deutschlands in diesen Wirtschaftswunderzeiten auf einem guten Weg. Gemäß ihrem Godesberger Programm bekannte sich auch die sozialdemokratische Partei Deutschland (SPD) zur sozialen Marktwirtschaft, auf die CDU/CSU und FDP setzten.

Dem kritischen Zeitgeist der in den USA und Europa aufbegehrenden Jugend schenkte man nicht die notwendige Aufmerksamkeit. In weiten Kreisen, so auch bei Christian Meidinger, wurde das Grundthema Kapitalismus oder Sozialismus. Aus Erikas Tagebucheintragungen geht hervor, dass Christian noch Fragen stellte und für Argumente offen war. Insbesondere die Berichte über den „Prager Frühling" des tschechischen Reformers Alexander Dubček stimmten ihn nachdenklich. Die Freiheitsbewegung wurde von Moskaus Panzern niedergewalzt. Die linke Szene, ohnehin davon überzeugt, dass die sozialistische Revolution aus der Arbeiterschaft erwachsen würde, lehnte einen diktatorischen Staatssozialismus wie in der Sowjetunion ab. Die Lehrerin Erika erklärte der jugendlichen Diskussionsgruppe in ihrer Wohnung, dass der Sozialismus für soziale Gerechtigkeit und Gleichheit steht. Die sozialistische Bewegung des 19. Jahrhunderts verstand sich als Interessenvertretung des Massenproletariats. Korporativismus statt Individualismus – will heißen: Das Wohl der Gemeinschaft steht über dem Wohl des Einzelnen. Führende sozialdemokratische Politiker wollten dies zur Maxime ihres Handelns und Parteiprogramms machen, allerdings innerhalb des bestehenden Systems. In diesem Sinne war auch Patentante Erika ein Mitglied der SPD.

Der radikale oder revolutionäre Sozialismus stand dieser Denkweise ablehnend gegenüber und sah sich als Vorstufe zum Kommunismus. Als Erika von einem utopischen Begriff, der Mitte des 19. Jahrhunderts in Frankreich für eine klassenlose Gesellschaft warb, sprach, protestierte die Basisgruppe, die ganz im Sinne von Marx und Engels von einer künftigen Revolution und dem Kommunismus als Gesellschaftsmodell überzeugt war.

Christian

Als Christian Meidinger mit 16 Jahren 1968 nach Karlsruhe zog, hatten verschiedene Jugendgruppen die Idee, im Turm des Basler Tors einen der ersten selbstverwalteten Jugendtreffs Deutschland zu gründen. In der von mir herausgegebenen Schülerzeitung habe ich damals darüber berichtet. Meine Vorstellungen waren den Wortführern der Initiative zu angepasst; sie wollten den Roten Turm. Die provokanten Ideen der Kommune-Bewegung sollten aufgegriffen werden. Im Turm übernachteten oft minderjährige Pärchen. Es folgten Polizeikontrollen, was wiederum zu Jugendprotesten führte. Die Stadt Karlsruhe kündigte den Mietvertrag und ließ den Turm im Mai 1969 räumen. In meiner Schülerzeitung machte ich den Provokateuren Vorwürfe, weil sie aus Sicht gemäßigter Jugendlicher die Möglichkeit vertan hatten, demokratische Jugendtreffs an exponierter Stelle langfristig zu etablieren. Eine Aktivistin, Juliane Plambeck, kommentierte meinen Artikel. An sie habe ich gedacht, als Karl Meidinger Christians tragischen Tod geschildert hat. Am 25. Juli 1980 verunglückten Juliane Plambeck und Wolfgang Beer bei einem Autounfall tödlich. Beide gehörten der „Bewegung 2. Juni" an. Die Terroristin Plambeck wurde 1975 verhaftet, ist 1976 aus dem Gefängnis Berlin-Moabit geflohen und seitdem untergetaucht. Bei Julianes Beerdigung auf dem Friedhof in Karlsruhe-Rüppurr sprangen plötzlich zwei Genossen hinter einer Hecke hervor, eilten zum Grab und warfen eine Fahne auf den Sarg. Sie hinterließen ein Transparent mit fünfzackigem Stern und der Aufschrift: „Solidarisch mit der RAF – Der Kampf geht weiter." Christian Meidinger verunglückte nur zwei Jahre später tödlich. An Juliane Plambecks Beerdigung wird Familie Meidinger gedacht haben, als sie die anonyme Bestattungsvariante wählte.

Im Gegensatz zu seinen Brüdern werde ich Christian Meidinger nie persönlich kennenlernen. Die vielleicht wichtigste

Zeitzeugin, seine Patentante Erika, ist ebenso wie seine geliebte Mutter verstorben. Könnte ich mit Erika heute sprechen, hätte sie sicherlich manches, was damals geschah, verdrängt, anderes neu bewertet und auf vieles kopfschüttelnd zurückgeblickt. Glücklicherweise sind ihre zeitnahen Tagebuchaufzeichnungen und Briefe an ihre Schwester, den Schwager und die beiden anderen Neffen vorhanden. In meinen Arbeiten gebe ich nicht meine Sicht als Journalist wieder – deshalb habe ich ein Puzzle aus Zeitzeugenberichten, historischen Wahrheiten und tatsächlich Geschehenem zu einem möglichst objektiven Gesamtbild zusammenzusetzen.

Das Jahr 1972 kann als ein Schicksalsjahr von Christian bezeichnet werden. Nicht zuletzt wegen seiner Leichtathletik-Karriere war er 1968 nach Karlsruhe gezogen. Sowohl die sportlichen als auch die schulischen Erfolge mit der bestandenen Abiturprüfung 1971 ließen auf eine erfolgreiche Karriere hoffen. Sein Motto „Das Hobby zum Beruf machen" galt auch für die Studienpläne und den Berufswunsch: Sportstudium, möglichst Profisportler, und im Anschluss Vereinstrainer. Seine schwere Verletzung im Sommer 1972 beendete diese Träume jäh. Auf Anraten seines Vaters entschied er sich für den Studiengang Wirtschaftsingenieur. In Karlsruhe hatte er sich für das Wintersemester 1972/73 immatrikuliert. 1972 trieb der Krieg in Vietnam dem Höhepunkt zu. US-Präsident Nixon ordnete eine Seeblockade und die Verminung der nordvietnamesischen Häfen an. Zunächst hatten die Studenten und mittlerweile auch Christian für Mitbestimmung an den Universitäten demonstriert. Nach der Verabschiedung der Notstandsgesetze, der weltweiten Aufrüstung und der kriegerischen Entwicklung in Vietnam entwickelte sich eine Protestbewegung gegen die politischen Verhältnisse. Die RAF, die sich aus linken radikalisierten Kreisen der Studentenbewegung entwickelte, verübte im Mai 1972 einen Anschlag auf das Hauptquartier des V. US-Corps in Frankfurt.

Im Jahr 72 schrieb Erika einen Brief an die Verwandten.

„Liebe Schwester Franziska, lieber Schwager Karl, nicht nur mit Christian, sondern auch in unserem Lehrerkollegium wird zurzeit kontrovers diskutiert. Die Gemüter erregen sich am sogenannten Radikalenerlass, den manche auch als Extremistenbeschluss bezeichnen. 1972, vier Jahre nach den 68ern, unter dem Eindruck des entstehenden Terrorismus, haben die Bundesregierung und die Ministerpräsidenten der Länder diesen Beschluss gefasst. In den öffentlichen Dienst sollen nur noch Personen übernommen werden, die sich zur freiheitlich demokratischen Grundordnung der BRD bekennen. Auch in unserem Lehrergremium wird dies als Aushöhlung der Meinungs- und Berufsfreiheit kritisiert. Die Fronten verhärten sich; einerseits Ablehnung dieser neuen Gesetzgebung, andererseits fordern Lehrkräfte, die fast täglich von Schülern provoziert werden, im Sinne des Radikalenerlasses weitere Gesetze. Sie wollen die Möglichkeit, radikalisierte Schüler vom Unterricht auszuschließen oder gar der Schule zu verweisen.

Ihr Lieben, aus gutem Grund bete ich darum, dass meine Schüler und schon gar nicht Christian vom radikalisierten Zeitgeist erfasst werden. Am kommenden Wochenende werden wir Gelegenheit haben, mit der ganzen Familie zu diskutieren, weil Ihr ja Christian und mich zum Sonntagsessen bei Euch zu Hause eingeladen habt.

*Bis dahin grüße ich Euch ganz herzlich
Eure Erika"*

Das Jahr 1972 war nicht nur für Christian, sondern auch für mich von besonderer Bedeutung. In diesem Jahr habe ich Elvira kennengelernt. Für ein überregional erscheinendes Magazin sollte ich über das Thema „Diskotheken" schreiben; die Perfektion von Popmusiken, die in Tonstudios erzeugt wurden, gewann an Bedeutung. Die Übertragungstechniken waren entwickelt genug, um Tonkonserven abzuspielen; dies trug den Namen „Diskothek". Diskotheken wurden zum Treff aller Gesellschaftsschichten; zur Musik gab es Lichteffekte, die Platten legte ein Discjockey auf, der nicht selten Starruhm erlangen konnte. Die damals 19-jährige Elvira war bereits im Musikmanagement tätig und inszenierte die Live-Auftritte der betreuten Künstler und Künstlerinnen mit Lichteffekten und Choreografien; ebenso waren die Bühnengestaltung und die Akustik zu organisieren.

Glücklicherweise wird Elvira in den nächsten zwei Wochen in Karlsruhe sein, weil der von ihr betreute Elvis-Imitator in der Region verschiedene Auftritte absolviert. Elvis Presley, für viele auch heute noch das Idol der Popkultur und nicht umsonst King of Rock'n'Roll genannt, hat nichts von seiner Faszination verloren, sodass der Kartenvorverkauf auf stets ausverkaufte Veranstaltungen schließen lässt.

Elviras Wohnung ist ebenso gemütlich wie originell eingerichtet und bietet somit ein Kontrastprogramm zu meinem „Schlafbüro" – kein Wunder, dass wir uns fast ausschließlich bei ihr treffen. Ich habe versprochen, heute Abend eine Flasche meines Pfälzer Rotweins mitzubringen, und Elvira wird eine Pizza besorgen.

Während des Essens erzähle ich von meinem Pfälzer Treffen. Wir trinken noch ein Gläschen Rotwein – Elvira wird immer nachdenklicher. Ich bin gerne mit ihr zusammen, beobachte ihre Mimik und höre ihr oft stundenlang zu, wenn sie über ihre Events, ihre Künstler und das Publikum spricht. Sie kann mich mit ihren anschaulichen Erzählungen, aus denen sich oft neue Ideen entwickeln, immer wieder inspirieren und motivieren. Auch an diesem Abend schlüpft sie in die Rolle der Eventmanagerin. „Wie wäre es, wenn wir zum Ende meiner Agenturzeit einen Rückblick auf die letzten Jahrzehnte machen würden? Dies würde auch ein Beitrag zu deiner aktuellen Arbeit sein."
„Eine gute Idee, zumal wir genügend Bild- und Tonkonserven haben, um die Zeit auf einer Großleinwand Revue passieren zu lassen", antwortete ich zustimmend. „Aus unserem großen Freundes- und Bekanntenkreis kommen bestimmt genügend

Beiträge, die auch für uns neu sind." Elvira hat Block und Bleistift parat und fordert mich auf: "Nenn mir spontan 10 Punkte aus Karlsruhe und der Region, die für dich wichtig sind." Diese Übung als Gedächtnistraining praktizieren wir in unterschiedlichen Situationen regelmäßig.

Karlsruhe, Residenz des Rechts

Kernforschungszentrum
Daimler-Benz-Standorte in Wörth, Gaggenau und Rastatt
Karlsruhe im Südweststaat
Wirtschaftsregion Karlsruhe mit Bosch und Schaeffler in Bühl sowie Einzelhandelszentralen MANN-Gruppe und Lehmann – Werner, dm
Karlsruhe am Rhein, "Tulla" – Rheinbrücke: erster E-Mail-Server
Schauplatz des RAF-Terrors
Pazifisten und Atomkraftgegner gründen eine neue Partei: Die Grünen
Wissenschaftsstandort mit ZKM und KIT

Elvira hat die Punkte notiert, nickt zustimmend und weiß, dass jetzt ihre 10 Punkte folgen sollen. Diesmal schreibe ich mit.

Karlsruher Schloss mit seinen Ausstellungen und Events
Bambi-Verleihung
Karlsruher Sport-Club mit Abteilung Fußball und Leichtathletik, Boxerin Regina Halmich, Staatstheater
Festspielhaus Baden-Baden, Freilichtbühnen in Ettlingen und Ötigheim, Open-Air-Event "Das Fest", Pferderennbahn Iffezheim
Musikinterpreten: die Brüder Hoffmann & Hoffmann ("Himbeereis zum Frühstück") und Fools Garden ("Lemon Tree")
Dozentin Diana König: Sängerin, Frontfrau, Songwriterin

"An dir als Journalist hat mir immer gut gefallen, dass du die Themen nicht nur als einen begrenzten Ausschnitt, sondern ganzheitlich behandelst – ich habe dies übernommen." Dieses spontane Lob von Elvira hat mich natürlich gefreut, zumal auch bei meiner derzeitigen Aufgabe im Zusammenhang mit der Person Christian Meidinger die Bearbeitung der Punkte Leichtathletik beim KSC und der RAF-Terrorismus in Karlsruhe im Fokus stehen.

Elvira kommt auf ein anderes Problem im Zusammenhang mit Großveranstaltungen zu sprechen:
„Nach Einschätzung der örtlichen Polizei ist das Heimspiel des KSC am kommenden Wochenende als Hochrisikospiel einzustufen."

„Du meinst, es ist gut, dass wir wegen deiner Elvis-Veranstaltung diesmal nicht ins Stadion gehen?", frage ich abwiegelnd zurück. Elvira schüttelt den Kopf, und ich sehe ihr an, dass sie ein größeres Problem ansprechen möchte: „Je älter ich werde, desto beängstigender sind meine Sorgen rund um die Veranstaltungen, die unsere Agentur verantwortet. Austragungen eines Fußballspiels und eines Pop-Events haben organisatorisch vieles gemeinsam. In jedem Fall sind die Veranstalter für die Innenbereiche wie Stadion, Hallen, aber auch Open-Air-Flächen verantwortlich; dies gilt insbesondere für den Sicherheitsaspekt. Der öffentliche Bereich, also Zu- und Abgangsstraßen bzw. -wege werden von den zuständigen Stellen und der Polizei geregelt; so sind bei Bundesligaspielen die Fangruppen zu trennen.

Problematisch wird es, wenn aus den Gruppierungen Ultras oder Hooligans gezielt Aktionen geplant werden, die nichts mit den unverzichtbaren Choreografien und den einstudierten rhythmischen Anfeuerungen zu tun haben. Es sollen Krawalle provoziert und Pyrotechnik eingesetzt werden."

Ich pflichte bei: „Du liegst absolut richtig, denn Großveranstaltungen bieten auch der vielschichtigen Kriminalität eine Bühne. Ich erinnere an einen Artikel, den ich vor einiger Zeit zum

Thema ‚Kriminelle Parallelwelten' nach aufwendigen Recherchen geschrieben habe. Ich musste darauf hinweisen, dass Rocker- und Clankriminalität keine Einbildungen sind. Besonders wenn es um lukrative Einnahmen in den Bereichen Schutzgelderpressung, Prostitution und Drogen geht, werden Menschen in Angst und Schrecken versetzt."

Elvira informiert mich darüber, dass sie morgen an einem Meeting teilnimmt, welches unter dem Arbeitstitel „Zusammenarbeit der Organisationen privatbetriebener Großveranstaltungen" anberaumt ist. Dabei geht es nicht um Einzelaspekte, sondern um das große Ganze. Erwartet wird auch der Vorsitzende der Supporters, dem Dachverband der Organisationen sämtlicher KSC-Fans. Auch das Festspielhaus in Baden-Baden wird vertreten sein; hier werden auf höchstem Niveau Festspiele mit gastierenden Künstlern und Klangkörpern aus aller Welt organisiert. Im Gegensatz zu Opern- und Schauspielhäusern mit einem festen Ensemble und staatlichen Zuschüssen muss das Festspielhaus Baden-Baden seine Finanzierung selbst organisieren. Wie Freilichtbühnen, hier ist in der Region Ötigheim hervorzuheben, und Messehallen kann auch das Festspielhaus Gastgeber für Popveranstaltungen sein. So wurde es anlässlich des SWR3-Pop-Festivals 2013 von Campino und den Toten Hosen gerockt. Andere Popstars wie Sting, der zweimal in Baden-Baden gastierte, wissen die Akustik und das Umfeld von Opernhäusern zu schätzen. Ein Riesenerfolg für die Baden-Badener Bühne war die Aufführung der West Side Story unter der musikalischen Leitung von Thomas Hengelbrock oder ein Gastspiel der Londoner West-End-Produktion Cats im Sommer 2017. Dieses Revival lockte die Musicalfans der 1980er Jahre. Udo Jürgens konnte mit seinen Auftritten ohnehin Generationen euphorisieren. Das eher konservativ-festliche Haus war nicht wiederzuerkennen, als es in einen Lichtdom verwandelt wurde. Von der Bühne führte eine Rampe in den Saal, auf der Anastacia ihren Auftritt hatte.

Elvira merkt an, dass für die Akzeptanz von Veranstaltungsorten verschiedene Formate unverzichtbar sind. Namen wie Netrebko, Garanča, Villazon, Kaufmann oder Mutter, um nur einige wichtige zu nennen, machen das idyllische Baden-Baden zu einer Weltstadt der Klassik, ergänzt durch Jazz und Pop, beispielsweise verkörpert durch Gregory Porter bei seinem Konzert 2015. Als Managerin erinnert Elvira aber auch an den monetären Aspekt. Einerseits tragen Großveranstaltungen zur Wertschöpfung in der Region bei – insbesondere profitieren Hotellerie, Gastronomie und der Einzelhandel, aber auch die Medien durch den Verkauf von Werbung; andererseits sind die Veranstalter auf Sponsoren angewiesen. Der Imagetransfer spielt eine besondere Rolle. Sportler wie Künstler profitieren von den Investitionen der oft auch gewerblichen „Gönner"; diese wiederum von der Nähe zu den Stars.

An Abenden wie diesen merken wir, wie wichtig uns der Erfahrungsaustausch ist. Selbst unsere Heimatstadt Karlsruhe mit ihren ca. 300.000 Einwohnern, überschaubar im Vergleich zu anderen Metropolen, ermöglicht ganz unterschiedliche Lebensentwürfe.

Die Mutter eines Karlsruher Top-RAF-Terroristen erklärte mir bei einem Interview: „Unser Sohn lebte in einer anderen Welt als wir, obwohl wir uns manchmal ganz nah waren. Er hat mir einmal jenes berühmt-berüchtigte kleine Buch mit den Texten der RAF mitgebracht und war beleidigt, dass ich die Sprache als schwer verständliches Kauderwelsch bezeichnet habe. Ich schlug ihm vor, die fast 600 eng bedruckten Seiten mit ihm gemeinsam durchzuarbeiten. Dazu ist es leider nie gekommen. Verstanden habe ich aber die Bedeutung der Abkürzung RAF = Rote Armee Fraktion. Der erste Buchstabe R steht für die rote Ideologie – der zweite Buchstabe A für die kriegerische Armee, die bei den Genossen als Metropolen-Guerilla bezeichnet wurde. Die Fraktion stand für die Sympathisanten, jenen freiwilligen Zusammenschluss der Unterstützer." Die Mutter des

Terroristen, der etliche Jahre im Gefängnis verbringen musste, beklagte, dass Fahnder und Richter in den 1970er und 1980er Jahren Leute aus dem antiimperialistischen Widerstand stets als Unterstützer oder Mitglieder einer terroristischen Vereinigung bezeichnet haben. Dies war insbesondere von Bedeutung, weil die Mitgliedschaft einen Straftatbestand dargestellt hat.

Auch Christian Meidinger stand im Verdacht, nicht nur Sympathisant, sondern Unterstützer der RAF zu sein. Ob er auch in die Rubrik „Metropolen-Guerilla" aufgestiegen wäre, wenn ein unnötiger Unfall nicht sein Leben beendet hätte, bleibt fraglich. Unstrittig ist die Tatsache, dass er sich dem Kampf gegen Imperialismus und Kapitalismus verschrieben hatte.

Elvira unterbricht mich mit dem Hinweis, dass wir auf Imperialismus und Kapitalismus mehr eingehen sollten, wenn wir die Entwicklung von Christian Meidinger im Zusammenhang verstehen wollen.

Gerne nutzen wir in solchen Situationen ein Rollenspiel. Wir nennen es: Fragen und Antworten. Elvira eröffnet scheinbar unwissend: „Was konkret ist Kapitalismus?" Jetzt ist es mein Part, allgemein verständlich zu antworten: „Vor ca. 700 Jahren entwickelte sich in Italien ein neues Wirtschafts- und Gesellschaftsmodell, welches auf Gewinnstreben beruht: der Kapitalismus. Aus Geld sollte mehr Geld werden bzw. aus einem kleinen Vermögen ein größeres. Vielen Bürgern genügt es nicht mehr, lediglich die Existenz für sich und die eigene Sippe zu sichern. Ziel des Wirtschaftens war künftig der größtmögliche Zugewinn."

„Verlockende Aussichten", meint Elvira. „Wie kann das damals oder auch heute gehen?"
„Erste Investoren kamen auf die Idee, eigenes oder geliehenes Kapital einzusetzen, um beispielsweise einen Acker zu kaufen. Sie verpachteten den Acker und achteten darauf, dass der Pachtertrag größer als der tatsächliche oder kalkulatorische

Zinsaufwand war. Mit dem erwirtschafteten Überschuss konnte der Kredit zurückbezahlt oder ein weiterer Acker gekauft werden. Die Vorgehensweise ist bis heute auf alle Konsum- und Investitionsgüter anwendbar. Mit dieser Erkenntnis wurde eine Dynamik entfesselt, die unvorstellbare Vermögenswerte hervorbrachte, obwohl sie eigentlich ganz simpel ist."

Elvira zieht skeptisch blickend die Augenbrauen hoch und stellt die von mir erwartete Frage: „Wenn es so simpel ist, warum gibt es dann so große Vermögensunterschiede sowohl im Vergleich von Staaten untereinander als auch zwischen uns Bürgern im eigenen Land?" Die Antwort habe ich sofort parat:

„Das liegt an uns, den handelnden Menschen. Offensichtlich ist das Streben nach persönlicher, politischer, wirtschaftlicher und militärischer Vorherrschaft in uns als hierarchischem Wesen bereits in den Genen angelegt. Im Großen der Beziehung von Ländern untereinander führt das zum Imperialismus. In ihrem Hass, vor allem auf den US-Imperialismus, glaubte die RAF einen antiimperialistischen Kampf führen zu müssen."

Elvira fragt nach: „Und wie ist die Einkommensverteilung bei uns in Deutschland zu verstehen?" „Die Gier der Menschen ist eine verlässliche Größe – jeder kennt oder hat von Erbstreitigkeiten, ausgelöst durch den Wunsch, einen größeren Teil vom Nachlass zu bekommen, innerhalb von Familien gehört. Es ist also menschlich, dass sich Anleger nicht nur an Geschäftsmodellen beteiligen, sondern auch riskante Wetten auf die Zukunft eingehen, die allein auf die Entwicklung von Preisen und Kursen setzen. Wenn die Gier zu Spekulationsblasen führt, die schließlich platzen, stürzen viele in den Ruin. Natürlich gibt es bei diesem Casino-Kapitalismus nicht nur Verlierer, sondern auch Gewinner."

Fragen und Antworten, unser Rollenspiel wird von Elvira fortgesetzt: „Hat es schon vor dem sogenannten Schwarzen Freitag im Jahre 1929 geplatzte Spekulationsblasen gegeben?" Ich nicke bejahend und erzähle von der Spekulation mit Tulpenzwiebeln in der ersten Hälfte des 17. Jahrhunderts. „In den Niederlanden waren die aus dem osmanischen Reich stammenden Knollen zum bevorzugten Objekt der Begierde geworden. Einige Bürger verpfändeten sogar ihre Häuser, um sich an der Spekulation mit Tulpenzwiebeln zu beteiligen. Der Legende nach soll ein Arbeiter eine solch mutmaßlich wertvolle Knolle aufgeschnitten und zum Pausenbrot verzehrt haben. Den Mitbürgern fiel es wie Schuppen von den Augen, als sie erkannten, dass es sich eben nur um eine Zwiebel handelte. Ins Bodenlose fallende Preise und der Verlust des Vertrauens der Anleger waren die Folge. Die Tulpenkrise ruinierte viele Bürger, die einen Kredit aufgenommen hatten, um in Tulpen zu investieren, genauso wie reiche Niederländer.

Dieser ersten Spekulationsblase des Kapitalismus folgten in den nächsten vier Jahrhunderten zahllose weitere."

Elvira erinnert in diesem Zusammenhang an Robert, einen Studienkollegen, von uns der Alchemist genannt. Alchemie, die mittelalterliche Geheimlehre, die Elemente der Chemie und der Zauberkunst vermischte, um Gold herzustellen, erinnert, zumindest uns, an den heutigen Casino-Kapitalismus. Robert fühlte sich, so hatten wir immer den Eindruck, durch die Bezeichnung Alchemist nicht beleidigt, zumal Alchemie auch als positive Stufe in der Entwicklung der Chemie anerkannt ist. Er erinnerte an die Herauslösung des Investmentbankings als selbstständige Disziplin innerhalb des Bankwesens. Bereits in den 1930er Jahren begannen Banken zunächst in den USA Wertpapiergeschäfte von Einlagen- und Kreditgeschäften zu trennen. Begünstigt durch lasche Gesetze, großzügige Versprechungen der Notenbanken und spätere digitale Innovationen beginnt in der Finanzwelt eine beispiellose Profitmacherei. Elvira fragt nach: „War auch Robert infiziert?" „Ja, ich glaube schon. Er wählte ein finanzwirtschaftliches Hauptstudium. Als er schließlich promovierte, bekam er den Necknamen ‚Dr. Faust'." Dieser, ein Vorbild für viele literarische Personen, wanderte als Alchemist, Magier,

Wunderheiler und Wahrsager durch die Lande. Geboren wurde der reale Dr. Faust um 1480 in Knittlingen/Baden-Württemberg und starb ca. 1540 beim Experimentieren in Staufen/Breisgau.

Damals wie heute war es die Verlockung, schnell reich zu werden, die den Boden für zahlreiche Hochstapler und Scharlatane bereitete. Sie versprechen quasi das Äquivalent des alten Alchemistentraums in der Sphäre des Geldes, sie wollen aus Blei Gold machen.

Dem leichtgläubigen Publikum werden gewaltige Vermögenszuwächse versprochen. Ein Höhepunkt wird am 15. September 2008 in den USA erreicht: Die Investmentbank Lehmann Brothers ist insolvent. Das Finanzhaus hatte, wie andere Investmentbanken auch, in der Erwartung stetig steigender Immobilienpreise in großem Stil Hypothekenkredite aufgekauft, sie gebündelt und in neu entwickelte Wertpapiere umgewandelt. Diese wurden an andere Banken und Großinvestoren veräußert. Der Zusammenbruch kam, wie bei den überteuerten Tulpenzwiebeln zu erwarten, als erkannt wurde, dass viele Hausbesitzer die großzügig vergebenen Kredite oftmals gar nicht bedienen konnten.

Das spekulative, im Kern primitive Geschäftsmodell kollabierte. Wie beim Dominoeffekt brachen überall Investmentbanken zusammen. Es folgte eine weltweite Finanz- und Wirtschaftskrise. Um Schlimmeres zu verhindern, mussten faule Wertpapiere mit Steuergeldern oder gar Staatsverschuldung aufgekauft werden.

Elvira lächelt hämisch und meint: „Es ist anzunehmen, dass die Spekulationsgier hauptsächlich Männersache ist." Ich schüttele den Kopf und widerspreche sofort: „Nenn sie ruhig Frau Dr. Faust. Ich meine damit die Kryptokönigin Dr. Rujy Ignatova, die es immerhin auf die FBI-Liste der meistgesuchten Verbrecher geschafft hat. Die Juristin mit deutschem Pass, die in Konstanz Jura studierte und mit dem Doktortitel abschloss, gründete 2014 das Krypto-Unternehmen OneCoin in Sofia/Bulgarien. Anleger investierten insgesamt etwa 4 Milliarden Euro, obwohl es one coin bis heute als Währung nicht gibt. Seit 2017 ist die Kryptokönigin verschwunden und mit ihr die ergaunerten Milliarden."

„Horrorszenarien", meint Elvira: „Also doch Sozialismus statt Kapitalismus? Hatte die revoltierende Jugend, genannt die 68er, am Ende doch recht?"

Im Kern war meine Antwort die gleiche wie bei der Eingangsfrage: „Es ist der Mensch, der ein System gut oder schlecht macht, da er genetisch vorprogrammiert ist. Rockefellertypen, wir können sie auch Stalin- oder Hitlertypen nennen, nutzen das jeweilige Gesellschaftsmodell oder die durch andere vorbereitete Revolution zum eigenen Machtausbau und kämpfen sich rücksichtslos an die Spitze."

Es ist spät geworden. Wir haben unsere Rotweinflasche geleert, und Elvira erinnert an arbeitsreiche Tage, die vor ihr liegen. Wie immer hat mich unser Gespräch inspiriert; vor allen Dingen durch unser Frage-Antwort-Spiel bin ich in die Thematik Christian Meidinger eingestiegen und kann morgen mit der systematischen Aufarbeitung in meinem Büro beginnen.

Margarine Big Money Big Raushole

Noch heute frage ich mich, ob überregionale Stellen oder auch wir, die wir im Karlsruher Raum recherchierten, die dramatischen Ereignisse des Jahres 1977, bekannt unter dem Stichwort Deutscher Herbst, hätten verhindern können. Im November 1976 nimmt die Polizei auf der A5, also der Autobahn vor unserer Haustür, den RAF-Terroristen Siegfried Haag fest. Die Ermittler können brisante Dokumente, die in seinem Wagen gefunden wurden, nicht einordnen. Sie ahnen auch nicht, dass darin die drei größten und bekanntesten RAF-Verbrechen, verharmlost als Margarine, Big Money und Big Raushole, enthalten sind.

Margarine

Die populärste Margarine-Marke der damaligen Zeit heißt SB – Initialen für Siegfried Buback. Am 7. April 1977 erschießen Angehörige der RAF in Karlsruhe den Generalbundesanwalt Siegfried Buback. Heute erinnert ein Gedenkstein an der Kreuzung Moltkestraße/Willy-Brandt-Allee an dieses Verbrechen. Die Begleiter Georg Wurster und Wolfgang Göbel, die ebenfalls ermordet wurden, waren Zufallsopfer, da sie eigentlich für diese Fahrt nicht vorgesehen waren.

Am Donnerstag, den 28. April 1977, ergingen im Prozess gegen die bundesdeutsche terroristische Baader-Meinhof-Gruppe drei Urteile:
Andreas Baader, Gudrun Ensslin und Jan-Carl Raspe wurden zu lebenslangen Haftstrafen verurteilt.

Big Money

Susanne Albrecht, gut bekannt mit Jürgen Ponto, bringt zu einem für Samstag, den 30. Juli 1977 angekündigten Besuch zwei Genossen mit. Der Vorstandssprecher der Dresdner Bank, Direktor Ponto, soll eigentlich entführt werden, leistet jedoch Widerstand und wird in seinem Wohnhaus von den Terroristen erschossen.

Big Raushole

Der Tarnname für die Entführung von Arbeitgeberpräsident Hanns Martin Schleyer am Montag, dem 30. September 1977, bei der vier Begleitpersonen ermordet wurden. Im Austausch gegen Hanns Martin Schleyer sollten die Topterroristen der RAF freigepresst werden. Dieser Forderung wurde mit der Entführung der Lufthansa-Maschine Landshut durch verbündete arabische Terroristen Nachdruck verliehen. Am 18. Oktober 1977 kann das Bundesgrenzschutzkommando GSG9 die Geiseln in Mogadischu befreien. In der folgenden Nacht nehmen sich im Hochsicherheitsgefängnis Stuttgart-Stammheim die deutschen RAF-Terroristen Andreas Baader, Gudrun Ensslin und Jan-Carl Raspe das Leben.

Einen Tag später, am Mittwoch, den 19. Oktober, wird die Leiche des ermordeten RAF-Opfers Hanns-Martin Schleyer in Mühlhausen/Elsass aufgefunden.

Diese Ereignisse aus dem Jahre 1977 sind in meiner Arbeit über Christian Meidinger der Ausgangspunkt sowohl für die folgenden fünf Jahre bis zu seinem Tod 1982 als auch rückblickend seiner Ideologisierung im Jahre 1972, dem Jahr seines sportlichen Karriere-Aus.

Es ist nicht anzunehmen, dass er in die wichtigsten Vorhaben der RAF eingeweiht war. In Karlsruhe gut vernetzt könnte er jedoch von der Aktion Sand gewusst haben. Im Jahr 1977 war die Bundesanwaltschaft mitten in Karlsruhe angesiedelt. Theodor Sand, damals 68 Jahre alt, und seine 74-jährige Ehefrau wohnten im zweiten Stock des Hinterhauses Blumenstraße 9. Am 25. August 1977 erwartete der Maler Sand Kaufinteressenten. Ein Mann und eine Frau waren scheinbar an einem seiner Bilder interessiert. Die Gäste plauderten zunächst über Kunst und Malerei, bevor sie plötzlich über die Senioren herfielen, um sie zu knebeln und zu fesseln. Ihre Wohnung schien der RAF als Abschussrampe für einen selbst gebauten Raketenwerfer ideal geeignet, da sie direkt neben der Bundesanwaltschaft gelegen war. Der damalige RAF-Terrorist Peter Jürgen Boock, RAF-Cheftechniker, hatte die Waffe gebaut und getestet. Ein Wecker, der als Zeitzünder fungieren sollte, war jedoch nicht aufgezogen, sodass die Explosion mit vermutlich verheerenden Folgen nicht stattfand. Später behauptete Boock, dies sei Absicht gewesen.

Ob diese Aussage richtig ist, kann vermutlich ebenso wenig geklärt werden wie eine mögliche Mitwisserschaft von Christian Meidinger.

Karl Meidinger hatte mir die Unterlagen aus seinem Familienarchiv zum Studium mitgegeben. Die Sichtung ergab, dass in der Korrespondenz und den gegenseitigen Besuchen, wenn insbesondere Schwägerin Erika regelmäßig in die Pfalz fuhr, Christian und seine Entwicklung im Fokus standen. Tante Erika wollte ihren Patensohn keineswegs idealisieren, obwohl Stolz und Sympathie auf den tüchtigen Schüler und den vielversprechenden Sportler in der ersten Zeit vorherrschten. Weil die Eltern wie bei den beiden Söhnen zu Hause gezielt auf Christians Entwicklung einwirken wollten, zitierte Erika in einem Brief im Jahre 1972 den Text des arabischen Dichters Kahlil Gibran:

Deine Kinder sind nicht deine Kinder,
sie sind Söhne und Töchter der Sehnsucht des Lebens nach
sich selbst.
Sie kommen durch dich, aber nicht von dir,
und obwohl sie bei dir sind, gehören sie dir nicht. Du kannst
ihnen deine Liebe geben, aber nicht deine Gedanken,
denn sie haben ihre eigenen Gedanken.
Du kannst ihrem Körper ein Heim geben, aber nicht ihrer Seele,
denn ihre Seele wohnt ihm Haus von morgen,
das du nicht besuchen kannst, nicht einmal in deinen Träumen.
Du kannst versuchen, ihnen gleich zu sein, aber suche nicht,
sie dir gleich zu machen, denn das Leben geht nicht rückwärts
und verweilt nicht beim Gestern.

Das Zitat dieser Zeilen zeigt, dass Erika eine äußerst gebildete, tiefsinnige Pädagogin war. Als solche hatte sie die Entwicklung der Jugendbewegung beobachtet und in ihren Aufzeichnungen festgehalten. Die Rote Armee Fraktion RAF entwickelte sich wie andere linksextreme Gruppen der 1960er und 1970er Jahre aus radikalisierten Kreisen der Studentenbewegung. Zunächst wurde mehr Mitbestimmung der Studenten an den Universitäten gefordert, bis sich eine Protestbewegung gegen die bestehenden politischen und gesellschaftlichen Verhältnisse entwickelte. Mindestens Anlass, vielleicht auch Ursache der Radikalisierung waren die 1968 verabschiedeten Notstandsgesetze (z. B. Einschränkung des Briefgeheimnisses). Die zunächst führenden Köpfe Andreas Baader (1943–1977) und Ulrike Meinhof (1934–1976) waren Namensgeber für die Baader-Meinhof-Bande.

Die Geburtsstunde der RAF kann auf den 14. Mai 1970 datiert werden. Der damals 27-jährige Baader war bereits wegen versuchter menschengefährdender Brandstiftung zu drei Jahren Haft verurteilt worden. Im Gefängnis arbeitete er an einem Buch über gefährdete Jugendliche. Auf Betreiben seines Verlegers wird er von der Haftanstalt ins Zentralinstitut für zentrale Fragen gebracht. Dort wird er von seiner Co-Autorin, der Konkret-Journalistin Ulrike Meinhof, erwartet. Kaum hatten sie mit der Arbeit begonnen, stürmten zwei Komplizen ins Zimmer und eröffneten das Feuer auf die beiden Bewacher. Ein Institutsmitarbeiter wird getroffen und erliegt seiner Schussverletzung. Die beiden Justizbeamten werden schwer verletzt. Andreas Baader und Ulrike Meinhof können durch einen Sprung aus dem Fenster entkommen. Die Blutspur war gelegt. Die Terroristen hatten mit ihrer rücksichtslosen Befreiungsaktion Erfolg gehabt und die Überzeugung gewonnen, dass jedes Mittel, auch Entführung und Mord, gerechtfertigt ist, wenn es darum geht, inhaftierte Gesinnungsgenossen zu befreien. Diese Fanatiker wähnten sich gar im Krieg mit dem eigenen Staat, und in einem solchen sind Gewalt und auch Tote unvermeidbar. Folgerichtig stellte Ulrike Meinhofs Verteidiger Axel Azzolla im Stammheimer Prozess den Antrag, die Angeklagten als Kriegsgefangene anzuerkennen.

Christian musste bereits im Jahre 1972 erkennen, dass er als Sportler nach seiner Verletzung nicht zu alter Stärke zurückfinden würde. Er hatte sich deshalb auch im Studium umorientiert.

Wie viele seiner Freunde aus der linken Szene hatte auch der junge Meidinger die Anerkennung als Kriegsdienstverweigerer mit folgender Begründung beantragt:

„Was wären wir ohne Krupp und ohne die vereinten Deutschen Waffen- und Munitionsfabriken (DWM)?", fragte der zwei Jahre später zum Tode verurteilte Gauleiter Arthur Greiser anlässlich einer Rede 1944 in Posen. Greiser weiter: „Im gesamten großdeutschen Reich stellt die DWM mit ihren sämtlichen Filialwerken hier im Osten sowie im Westen die gleiche Macht wie Krupp dar. Der Name Quandt hat darum einen ebenso guten Klang wie der Name Krupp und wird mit Recht in der ganzen Welt gefürchtet." Günther Quandt hatte festgelegt, dass seine Söhne Herbert und Harald jeweils einen klar abgegrenzten Teil seines Firmenimperiums übernehmen sollten. Harald, Sohn aus zweiter Ehe mit Magda, der späteren Frau Goebbels, hatte 1953 ein Maschinenbaustudium abgeschlossen. Ihm wurde die Leitung der DWM sowie Mauser, Busch-Jäger, Dürener Metallwerke und KuKA übertragen. Sein Bruder Herbert sollte den Batteriehersteller AfA (Name ab 1962 VARTA), Düngemittelkonzern Wintershall sowie die Beteiligungen an den Automobilwerken Daimler-Benz und BMW erhalten.

Im Mai 1955 trat die BRD der NATO bei. Sechs Monate später wurde die Bundeswehr gegründet. In der Folge durften auch die Industriewerke Karlsruhe und die Firma Mauser wieder Waffen produzieren. Außerdem war ein Panzer, der den Namen Leopard erhalten sollte, in Planung. Harald Quandt glaubte, mit dem besten Plan ins Rennen um die Fertigung des Leopards zu gehen. Konkurrent um den Auftrag war Flick, der Daimler und Porsche für den Motorenbau und die Konstruktion an seiner Seite hatte. Auf

Vermittlung von Franz Josef Strauß erhielten Letztere 1963 den Zuschlag für den Bau des Panzers Leopard. Mit der Herstellung von Landminen durch seine IWK hatte Harald Quandt hingegen großen Erfolg. Das Unternehmen erhielt Aufträge über mehr als eine Million Antipersonen- und Panzerabwehrminen von der westdeutschen Armee und anderen NATO-Partnern.

Insbesondere die Landminenherstellung empörte die linke Szene und somit auch Christian Meidinger.

Vater Meidinger antwortete seinem Sohn wie folgt:

„Lieber Christian, du weißt, dass ich es, wenn auch als kleiner Unternehmer, mit Fritz Thyssen gehalten habe, der sich als Reichstagsmitglied geweigert hatte, die deutsche Kriegserklärung an Polen abzusegnen, und deshalb im September 1939 aus Deutschland fliehen musste.

Heute ist unsere Armee als Mitglied der NATO auf dem Konzept der Verteidigung und Abschreckung aufgebaut. Für diese Aufgabe muss sie mit den besten verfügbaren Waffen und durch die allgemeine Wehrpflicht personell bestmöglich ausgestattet sein. Ich bitte dich, deine Einstellung unter diesem Gesichtspunkt zu überprüfen.
Herzliche Grüße aus der Pfalz
Dein Vater Karl"

Zu einem Verfahren mit Gewissensprüfung ist es jedoch nicht gekommen, da Christian von der Bundeswehr laut endgültigem Bescheid vom Januar 1973 durch das Kreiswehrersatzamt Karlsruhe wegen seiner Sportverletzung als nicht wehrdienstfähig ausgemustert wurde.

In dieser Zeit registrierte Tante Erika den Besuch neuer Freunde und Freundinnen, die regelmäßig zu „Meetings" in die Wohnung kamen. Susanne, offensichtlich Christians Favoritin, erschien immer öfter wie selbstverständlich am Frühstückstisch.

Kapitalismus oder Sozialismus, diese Frage schob sich immer deutlicher in den Fokus. Ebenso wie Tante Erika lehnten auch Christian und seine Freunde einen diktatorischen Staatssozialismus ab. Als jedoch in Chile der erste frei gewählte sozialistische Staatspräsident Salvador Allende gestürzt wurde und die USA die Wirtschaft des sozialistischen Fidel Castro in Kuba durch ein Handelsembargo in die Knie zwingen wollten, fühlte sich die Gruppe in ihrem antiimperialistischen Kampf und der US-Gegnerschaft bestätigt.

Seit 1973 ging das schreckliche Bild der bedauernswerten Kim Phuc durch die Welt. Weinend und schreiend vor Schmerz in panischer Todesangst flüchteten Kinder aus dem brennenden nordvietnamesischen Dorf Trang Bang. Kim Phuc hatte sich die brennenden Kleider vom Leib gerissen und überlebte den Napalm-Angriff der Amerikaner mit schweren Brandwunden und Verätzungen. Nach dem fürchterlichen Kriegsszenario und ihrer Flucht aus Vietnam fand sie in Toronto/Kanada in ein zweites Leben. Sie heiratete und wurde Mutter eines Sohnes; die Wunden an Körper und Seele aber blieben. Solche Bilder erhöhten die Zahl der RAF-Sympathisanten und rückten die linke Bewegung in die Nähe der Friedensbewegung und Atomkraftgegner.

Christian gab sich alle Mühe, seine geliebte Tante von der Richtigkeit seines Engagements zu überzeugen. Wie aus den Kurznotizen und Schriftwechseln hervorgeht, lehnte diese jedoch jede Form der Gewalt zur Durchsetzung politischer Veränderungen ab. Besonders der Tod des Berliner Kammergerichtspräsidenten Günter von Drenkmann am 10. November 1974 hat sie schwer erschüttert. Getarnt als Fleurop-Boten verschafften sich Terroristen Zugang zur Wohnung des Richters und erschossen ihn ohne Vorwarnung. Sie wollten sich laut Bekennerschreiben für den Tod des Terroristen

Holger Meins, der am Tag zuvor in der Haft an den Folgen eines Hungerstreiks verstorben war, rächen. Die RAF machte von Drenkmann mitverantwortlich für Haftbedingungen von Terroristen.

Grundsätzlich befürworteten auch Christian und seine Freunde Gewalttaten und Morde nicht. In ihrer Ideologisierung waren sie jedoch zu der Überzeugung gelangt, in einem Krieg mit dem Staat und den etablierten Kräften zu stehen, und in einem solchen sind Tote unvermeidbar. Christian argumentierte gegenüber seiner Tante mit der vom Staat ausgeführten Gewalt bei Demonstrationen und Razzien. Für seine Gruppe waren die Haftbedingungen der sogenannten politischen Gefangenen und die Folgen der Isolationshaft von zentraler Bedeutung. Er war auch bereit, an Demonstrationen teilzunehmen.

Ein Brief von Erika an ihre Schwester und ihren Schwager vom 10. Februar 1975 zeigt, wie sehr die Tante um ihren Neffen gekämpft hat:

Karlsruhe, 10. Februar 1975

Ihr Lieben,

nicht nur unser Christian und ich, sondern viele Bürger und Bürgerinnen machen sich Sorgen um unser Land. Die Anti-Atomkraft- und Protestbewegung eint uns seit einigen Monaten.

Während unseres letzten Besuchs bei euch haben wir von der kleinen Gemeinde Wyhl am Kaiserstuhl berichtet. Christian war mindestens ebenso gut wie ich informiert. Nachdem der seit 1969 geplante Standort Breisach aufgrund von Protesten aufgegeben wurde, war Wyhl für den Bau eines Kernkraftwerkes favorisiert worden; aber der Bürgerprotest, unterstützt auch durch zahlreiche regionale Bürgermeister und Vertreter anderer Institutionen, blieb nicht aus.

Die meisten Initiativen haben sich zu einem internationalen Komitee zusammengeschlossen. Vor wenigen Tagen, am 7. Februar 1975, wurde mit der Einrichtung einer Baustelle am Standort Wyhl begonnen. Dies löste überregionale Aktivitäten aus. Auch Christian und ich machten uns per Bahn auf den Weg nach Wyhl, um an einer geplanten Bauplatzbesetzung teilzunehmen. Persönlich unterstützte ich die Aktion aus voller Überzeugung, jedoch ausnahmsweise gegen mein Demokratieverständnis. Am 12. Januar 1975 stimmten 55 % der wahlberechtigten Bürger von Wyhl in einem Bürgerentscheid für den Bau des Kernkraftwerkes. 10 Tage später erteilte daraufhin das Stuttgarter Wirtschaftsministerium eine erste Teilerrichtungsgenehmigung. Meine Bedenken habe ich hinten angestellt, weil wir uns sicher waren, dass die Mehrzahl der noch nicht wahlberechtigten Jugend das Vorhaben ablehnt.

Besonders erfreulich waren die harmonischen Stunden und Tage und die in letzter Zeit seltenen Übereinstimmungen zwischen Christian und mir.

Ich hatte zumindest das Gefühl, bei ihm Gehör für meinen „parlamentarischen Lösungsansatz" zu finden. In Wyhl waren neben den Atomkraftgegnern und Friedensaktivisten auch radikale Kräfte der linken Szene vertreten – eine Gruppierung, die sich als „Die Grünen" bezeichnet und den Umweltschutz im Fokus hat, war besonders stark präsent. Es ist in Karlsruhe bekannt, dass Die Grünen Strukturen aufbauen und Mitglieder akquirieren, um eine neue Partei zu gründen. Viele Themen der protestierenden Jugend und anderer Initiativen könnten mit dem Erfolg einer solchen Partei in die Parlamente getragen werden.

Ich hoffe so sehr, dass Christian sich dieser Bewegung anschließt und sich nicht von gewaltbereiten linken Splittergruppen beeinflussen lässt.

*In der Hoffnung auf Eure Unterstützung verbleibe ich für heute
Eure Erika*

*PS: Bitte grüßt alle Freunde, Bekannten und Verwandten
von mir*

Die Antwort von Christians Eltern kam prompt:

Hauenstein, 23. Februar 1975

Liebe Erika,

*mit Interesse, aber auch großer Sorge haben wir deinen Brief,
der uns gestern erreichte, zur Kenntnis genommen. Es scheint,
als sei unser Sohn an vielem interessiert – nicht aber an seinem Studium. Wir sind der Meinung, dass ein solider Berufsabschluss oder ein erfolgreiches Studium Voraussetzung für
umfangreiche Aktivitäten, insbesondere in der Politik, sind.*

*Die von dir beschriebene „Baustellenbesetzung", auch wenn
sie vielleicht einen berechtigten Hintergrund hat, gehört nicht
zu dem, was wir von unserem Sohn während seines Studiums
erwarten.*

*Bitte nimm diese Zeilen nicht persönlich, sondern als Ausgangspunkt deiner eigenen Überlegungen.
Wir hoffen, Euch bald zu sehen,
und verbleiben mit herzlichen Grüßen
Karl und Franziska*

Erika hatte diese kritischen Zeilen vermutlich noch nicht verarbeitet, als die unterschiedlichen Grundpositionen von Tante und ihrem Neffen erneut deutlich wurden:

Am 27. Februar 1975 rissen mehrere vermummte Gestalten der Linken den CDU-Chef Peter Lorenz aus seinem Dienstwagen und verschleppten ihn. Mit dieser Entführung, zu der sich die

RAF-nahe Bewegung „2. Juni" bekannte, wurde die Freilassung von Verena Becker, Rolf Heißler, Gabriele Kröcher-Tiedemann, Rolf Pohle und Ingrid Siepmann erpresst.

Sie werden in Begleitung von Pastor Heinrich Albertz in den Süd-Jemen ausgeflogen. Peter Lorenz kommt frei und gewinnt im selben Monat die Wahlen – er wird Präsident des Abgeordnetenhauses.

Damit nicht genug, überfällt das Kommando Holger Meins am 24. April 1975 die deutsche Botschaft in Stockholm und nimmt 12 Geiseln. Die Terroristen hoffen auf den gleichen Erfolg wie in Berlin und fordern dieses Mal die Freilassung von 26 RAF-Gefangenen. Als die Botschaft jedoch gestürmt wird, erschießen sie den Militärattaché Andreas von Mirbach und den Botschaftsrat Heinz Hillegaart. Die verbliebenen Geiseln können gerettet werden. Während der Befreiungsaktion explodiert eine Bombe – das RAF-Mitglied Ulrich Wessel kommt um. Der Terrorist Siegfried Hausner erliegt nach der Auslieferung in die BRD seinen Verletzungen. Die Kommandomitglieder Karl-Heinz Dellwo, Hanne Krabbe, Bernhard Rössner und Lutz Taufer werden festgenommen.

Christian Meidinger wird seinen Wohnsitz bei Tante Erika bis zu seinem Tod 1982 zwar nie offiziell aufgeben, bleibt aber immer häufiger auch über Nacht bei seinen Genossinnen und Genossen. Auch zu seiner Familie in der Pfalz hatte er wenig, zeitweise gar keinen Kontakt – offensichtlich will er familiäre Diskussionen vermeiden. Er lässt aber keinen Zweifel daran, dass er die monatliche Unterstützung von 600 –, DM, die seine Eltern bis zum Abschluss seines Studiums zugesagt hatten, regelmäßig erwartet.

Am 16. Januar 1976 werden die §§ 88a und 130a, die die Verbreitung und den Besitz von gewaltbefürwortenden Schriften unter Strafe stellen, verabschiedet. Christian und seine Gleichgesinnten sehen sich in der Auffassung bestätigt, in einem Überwachungsstaat zu leben.

Diesem Staat geben sie auch die Schuld am Tod von Ulrike Meinhof, die am 9. Mai 1976 in Stuttgart-Stammheim tot in ihrer Zelle aufgefunden wurde.

Erika hat einen Ordner „Erinnerungen an Christian" hinterlassen. Hier finde ich neben persönlichen Aufzeichnungen verschiedene Notizen, aber auch Zeitungsausschnitte aus den 1970er Jahren bis 1983. Selbstverständlich habe ich vor, den Ordner komplett durchzuarbeiten, gebe aber an dieser Stelle nur Wesentliches wieder.

Unter der Überschrift „Brokdorf" erinnerte Erika sich 1983 wie folgt:

Als Christian Ende 1976 den Vorschlag gemacht hat, nach Brokdorf zu fahren und damit auch an dieser Stelle wie schon in Wyhl das Engagement gegen die Nutzung der Atomkraft fortzusetzen, war er ganz euphorisch. Wie in seinen Sportlerzeiten erlebte ich ihn ganz offen. Am 30. Oktober besetzten mehrere Tausend Menschen den Bauplatz des geplanten AKW Brokdorf.

Zu schweren Auseinandersetzungen zwischen Demonstranten und Polizei kam es am 13. November 1976, als mehr als 30.000 Protestierende, die unterschiedlichen, teils auch radikalen Gruppierungen angehörten, in Brokdorf zusammenkamen.

Leider bin ich damals nicht auf seinen Vorschlag eingegangen, sondern habe die Gelegenheit genutzt, meine Vernunftgründe für eine Änderung seines Lebensentwurfs anzubringen. Enttäuscht warf er mir vor: „Du argumentierst wie meine Eltern und hast nichts verstanden. Was mich enttäuscht, ist, dass du dich weigerst, mich als Persönlichkeit wahrzunehmen mit meiner eigenen Identität, und ich stehe nun einmal in Fundamentalopposition zu diesem Staat."

In diesem Jahr 1983, ein Jahr nach Christians Unfalltod, protokollierte Erika weiter.

Die zweite Generation der RAF wuchs in Karlsruhe heran. Unser Christian verkehrte in der Wohngemeinschaft, in die Christian Klar zusammen mit seiner Freundin Adelheid Schulz und Günter Sonnenberg gezogen war. Später kam auch Knut Volkerts hinzu.

Zusammen mit der dominanten Brigitte Mohnhaupt und Peter-Jürgen Boock bildete Christian Klar nach den Selbstmorden von Baader, Meinhof, Ensslin und Raspe seit ca. 1978 ein Führungstrio der zweiten RAF-Generation.

In Erikas Erinnerungen lesen wir weiter:

Als Lehrerin in Karlsruhe hatte ich gehofft, dass die Eltern Klar die Entwicklung positiv beeinflussen würden.

Mutter Klar war Gymnasiallehrerin für Physik und Mathematik. Der Vater Alfred war Vizepräsident des Oberschulamtes Karlsruhe. Christian Klar hatte einen älteren Bruder, zwei jüngere und eine Schwester. Zeitweise war er Mitglied der FDP und der Jungdemokraten, bevor seine Radikalisierung ihn spätestens seit 1976 Mitglied der RAF werden ließ.

Klar galt als Macher, Boock war der Techniker und Mohnhaupt hatte einen ausgeprägten ideologischen Hintergrund, besonders weil sie vorgab, von Baader, Meinhof und Ensslin persönlich geschult zu sein, um den RAF Kampf fortzuführen.

Offensichtlich mischte sich die Familie Ende der 1970er und Anfang der 1980er Jahre in Christian Meidingers Leben möglichst wenig ein. Er war ein erwachsener Mann, und solange er ernsthaft studierte, hatte er das Recht, sich innerlich und äußerlich von der Verwandtschaft zu trennen. Tante Erika notierte:

"Wir sahen uns selten, und wenn, dann gingen wir vorsichtig miteinander um."

Erfreulich war die Tatsache, dass Christian im Juli 1978 um seine Lohnsteuerkarte bat, weil er ein bezahltes Betriebspraktikum angetreten hatte. Erschrocken war Tante Erika, als Ende Januar 1979 zwei Herren der Polizei in ihrer Wohnung erschienen, um Auskünfte über den Neffen zu erhalten.

Die Herren wiesen sich als Beamte des Bundeskriminalamtes Abteilung Terror aus. Nach der politischen Ausrichtung befragt, antwortete sie, dass er links stehe. Zu Freunden und Bekannten wollte und konnte Erika keine Auskunft geben.

Wolfgang

Innerhalb eines Monats werde ich Karl, diesmal im Anwesen Meidinger, zum zweiten Mal treffen. Ich fahre also in die Westpfalz und suche seine Schuhfabrik in Hauenstein. Da ich nicht fündig werde, lasse ich die rechte Fensterscheibe runter und bitte eine ältere Radfahrerin um Auskunft. Diese steigt vom Rad und kommt freundlich, vielsagend lächelnd an mein Auto: „Sie sind sicher schon vorbeigefahren. Die Meidingers sind schlecht zu finden, denn die Fabrik ist ebenso schwer einsehbar wie das Wohnhaus daneben. Das Anwesen liegt außerhalb vom Ort und ist hinter langen Tannenreihen versteckt, die zur Straße hin wachsen. Die Bäume wurden mit den Jahren breiter und höher, und selbst wenn alle anderen Bäume die Blätter abwerfen, ist von der Fabrik und dem Wohnhaus nichts zu sehen." Ich bedanke mich für die ausführliche Auskunft, wende und verlasse den Ort, um nach einer langen Baumreihe mit einer Einfahrt Ausschau zu halten. Gut informiert werde ich bald fündig. Als ich auf das Tor der Wohn- und Arbeitswelt Meidinger zufahre, fällt mir spontan der Name Le Corbusier ein. Im Zusammenhang mit einem Artikel über die Weisenhofsiedlung in Stuttgart hatte ich mich mit dieser herausragenden Gestalt der Architektur des 20. Jahrhunderts beschäftigt. Der Schweizer forderte seit 1923 eine funktionelle ökonomische Architektur für Klienten wie die Meidingers. Diese sollte nach den gleichen Prinzipien wie Ingenieurbauten konzipiert sein; das bedeutete eine streng mathematisch ausgerichtete Planung aus geometrischen Formen, und es wurden fünf Punkte aufgestellt: Stahlskelettbauweise/Fensterbänder anstelle herkömmlicher Fenster/variable Raumaufteilung im Inneren/Dachgarten auf dem Flachdach und typisierte, industriell gefertigte Elemente. So sollte auch bei gewerblich genutzten Projekten preiswert und flexibel gebaut werden. Da eine Schuhfabrik keine Großfläche benötigt, sehe ich zwei doppelgeschossige Bauten vor mir, wobei ich den

Wohntrakt auf ca. 300 m² Grundfläche und das Fabrikgebäude auf ca. 1.500 m² Grundfläche schätze.

Vor dem Wohnhaus erwartet mich Karl, denn ich bin recht pünktlich. Die Begrüßung ist herzlich, weil wir uns auf Anhieb sympathisch waren.

Aus ihren Tagebucheintragungen wusste ich, dass Erika ihren Neffen Wolfgang, den ich gleich treffen werde, den „Sandwichbub" nannte. Er ist der mittlere von drei Söhnen der Meidingers. Die Familie merkte bald, dass Wolfgang viel von der akademischen Begabung der mütterlichen Seite mitbekommen hat. Intelligent, von schneller Auffassungsgabe und mit einem beinahe fotografischen Gedächtnis gesegnet, gehörte er immer zu den Klassenbesten. Während wir auf den Sohn warten, erklärt Karl:
„Wolfgang ist sprichwörtlich korrekt. Geradezu ostentativ korrekt. Immer gradlinig." Nach einer kurzen Pause fügt er hinzu: „Fast zu gradlinig." Ich habe keine Gelegenheit, diese Bemerkung zu überdenken, weil Meidinger junior freudig auf uns zukommt. Er reicht mir die Hand, und schon sein fester Händedruck lässt auf einen durchtrainierten, topfitten Anfangssechziger schließen. Seine Kleidung ist frisch gebügelt, das gescheitelte dichte braune Haar liegt korrekt wie nach einem Friseurbesuch. Aus gutem Grund sind seine Schuhe Marke Meidinger stets hochglanzpoliert. Mir fällt nichts Besseres ein, als zu bemerken: „Ihr Meidingers seid eine sportliche Familie." „Um in Form zu bleiben, müssen wir einiges tun. Vater ist da ganz Vorbild – wir achten auf gesunde Ernährung, wenig Alkohol, keine Zigaretten, und ich jogge jeden Morgen bei jedem Wetter an jedem Tag. So halte ich auch mein Gewicht mit 70 kg bei 1,75 m Größe." Fast schon entschuldigend fügt Wolfgang hinzu: „Wenn Sie nicht der Biograf von uns Meidinger-Männern wären, würde ich nicht schon bei der Begrüßung so viel über mich berichten." Karl mischt sich ein: „Stichwort Biografie. Ich habe meinen Schwiegertöchtern versprochen, dass du nur über meine drei Söhne und am Rande über mich schreibst. Die beiden Ehefrauen und ihre Kinder

Madeleine, Wolfgangs Tochter, und Jens, Günters Sohn, bleiben außen vor!" „So war es vereinbart", antworte ich, als wir ins Haus gehen. Ich werde in einen Empfangsraum neben dem Eingangsbereich geführt. Wolfgang hat eine Tischvorlage an jedem Platz ausgelegt, Getränke platziert, einen großen Obstkorb und daneben Teller und Messer bereitgestellt.

Gleich wird auch Sohn Günter erwartet, um sich kurz vorzustellen, bevor er sich bis übermorgen verabschiedet. Die fast schon respektvolle Art, wie Vater und Bruder von ihm sprechen, passt so gar nicht zu Erikas frühen Tagebucheintragungen. Hier wurde Günter als das „schwarze Schaf der Familie" bezeichnet. Der Junge mit einer lebhaften Fantasie träumte oft vor sich hin, statt wie die Brüder einem strukturierten Tagesablauf zu folgen. Ihm fielen ständig Aktivitäten außer Haus ein, sodass die schulischen Hausaufgaben meist zu kurz kamen. Dies führte zu Verstimmungen im Hause Meidinger, und besonders der Vater maßregelte den Sprössling regelmäßig. Eltern und Lehrer merkten bald, dass Günter Schwierigkeiten mit den grundlegenden Fähigkeiten des Lesens und Schreibens hatte. Sie führten dies auf seine unkonzentrierte Mitarbeit in der Schule und bei den Hausaufgaben zurück. Keiner erkannte, dass der drittgeborene Meidinger ein Legastheniker war. Als solcher hatte er Schwierigkeiten, Buchstaben zu unterscheiden, um daraus Worte zu bilden. Die Behinderung wird oft nicht erkannt, weil Legastheniker durchaus in der Lage sind, ganze Worte in wohlformulierte Sätze zu fassen und oftmals als wortgewandt gelten. Das Problem ist die Zerlegung einzelner Worte in Buchstaben. Auch wenn diejenigen, die unter dieser Störung leiden, von durchschnittlicher oder gar überdurchschnittlicher Intelligenz sind, kann die Behinderung, wenn sie nicht erkannt wird, zu erheblichen Beeinträchtigungen der Entwicklung führen. Wie andere Betroffene auch entwickelte Günter Strategien des Umgangs mit seinem Problem. Da er, wie wir sehen werden, Fähigkeiten hatte, über die andere nicht in diesem Maße verfügen, konnte er sich selber helfen. Dies stärkte sein Selbstwertgefühl. Zwar gibt es keine anerkannten Heilmethoden für Legasthenie, aber alternative Lernprogramme können die Nachteile dieser Störung lindern, wenn die Behinderung der Betroffenen rechtzeitig diagnostiziert wird und sie Zugang zum alternativen Lernen erhalten.

Karl Meidinger sieht mich fast ein bisschen hilflos fragend an. „Was hätte ich anders machen sollen? Drei Söhne – einer auf dem linken Egotrip ging früh aus dem Haus – einer mit Schulproblemen und Wolfgang, tief verwurzelt in der Heimat, auch am Betrieb interessiert, erfolgreich in der Schule, mit einem exzellenten BWL-Studienabschluss. Auch die Fachschule unserer Branche absolvierte er fast nebenbei erfolgreich. Natürlich wurde der ‚Sandwichbub' vom gesamten Familienrat und von mir als Chef zum betrieblichen Nachfolger auserkoren."

Ich wende mich Wolfgang zu und frage: „Dann sind Sie seit geraumer Zeit als Nachfolger Ihres Vaters der Chef des Unternehmens Meidinger?" „Vater hat in der Tat den Stab an mich weitergegeben – aber, um im Leichtathletik-Jargon zu bleiben, Günter hat auf der Außenbahn aufgeholt und mich überholt, als ich ins Stolpern kam." „Klingt ja spannend", bemerke ich hoch interessiert. Karl ergreift das Wort: „Ist nicht nur spannend, sondern auch eine fast schon dramatische Geschichte. Du wirst alles in der richtigen Reihenfolge erfahren, weil wir dich, lieber Fred, engagiert haben, um unsere Geschichte aufzuarbeiten."

Bevor Günter die Tür öffnet, um einzutreten, klopft er kurz, ohne das „Herein" abzuwarten. Er gehört zu den Leuten, die gleich alle Blicke auf sich ziehen. Sein dunkelblondes Haar fällt ihm locker ins Gesicht, er hat einen ausgeprägten Kiefer, was ihm einen harmonischen Gesichtsausdruck verleiht, und einen wohlproportionierten Körperbau. Mit seinen blauen Augen blickt er mich offen an, und sein Lächeln passt zum selbstsicheren Auftreten. Kein Zweifel, Günter hat Charisma, hat etwas Gewinnendes an sich und kann, wie ich gleich hören werde, gut reden.

Von ihm erfahre ich, dass wir nach dem offiziellen Tagesablauf im Hause Meidinger essen und ich vor Ort im Gästetrakt übernachten werde. Am nächsten Tag soll die Betriebsbesichtigung stattfinden, und übermorgen wird sich Günter vorstellen. Einwände meinerseits lässt er nicht zu! Günter verabschiedet sich und wünscht mir erkenntnisreiche Stunden.

Firmenbesucher werden im Hause Meidinger mittels einer Power-Point-Präsentation in das Fachgebiet „Schuhe" eingeführt. Dabei hat es sich der Seniorchef nicht nehmen lassen, einen kurzen geschichtlichen Rückblick selber zu sprechen, der visuell durch die passenden Bilder unterstützt wird.

Karl Meidinger erklärt:

Alle Kleidungsstücke, so auch Schuhe, sind zunächst zweckdienlich. Ob als Teil der Berufs- oder Freizeitbekleidung, Schuhe im weitesten Sinne gehören immer dazu. Bereits vor mehr als 12.000 Jahren schützte der Mensch seine Füße, indem er sie mit Fellen umwickelte. Ötzi, benannt nach dem Ötztal, in dem seine Leiche etwa 5.300 Jahre im Gletschereis konserviert war, trug zu Lebzeiten ein Schuhwerk aus Hirschleder. Die Römer unterschieden bereits zwischen linkem und rechtem Schuh. Über ihr weit verbreitetes Straßennetz marschierten die Legionen mit dem besten Schuhwerk, das es zu dieser Zeit gab. Neben der vorherrschenden Sandale gab es bereits im Altertum Schuhe und Stiefel, die fußgerecht gearbeitet waren. Lederverstärkte Sohlen spielten eine besondere Rolle.

Zweckdienlichkeit und Mode sind in der Bekleidungsgeschichte zwei Seiten der gleichen Medaille. So waren und sind auch Schuhe der Mode unterworfen. Darüber hinaus gilt der Schuh als Sinnbild von Macht und Besitz und taucht stets auch in Wappen auf. Der Bundschuh als Zeichen aufständischer Bauern oder im Märchen als Siebenmeilenstiefel – oft ist der Schuh ein wichtiges Requisit.

Im frühen Mittelalter wurden leicht zugespitzte Schuhe aus Leder oder kostbaren Seidengeweben von weltlichen und geistlichen Fürsten, aber auch von der bürgerlichen Oberschicht getragen, daneben waren auch Beinlinge mit lederverstärkten Sohlen in Mode.

Eine dieser modischen Entwicklungen war der Schnabelschuh. Er hatte eine lange, nach oben halbmondförmig gebogene Spitze. Die Länge der Spitze war in einer strengen Kleiderordnung festgelegt.

Zu allen Zeiten wird die Mode durch Einflüsse von außen inspiriert; so haben die Kreuzritter Schuhformen aus dem Orient mitgebracht. Sohlen werden durch Materialien, Profile und Stärke den unterschiedlichen Ansprüchen angepasst, während die Mode Absatzformen nutzt. Bereits vor ca. 500 Jahren quälten sich Frauen in absatzüberhöhte Stelzschuhe, bevor der sogenannte Stöckelschuh mit Pfennig-Absätzen in Mode kam. Der Stiefel war bei den Landsknechten im Dreißigjährigen Krieg weit verbreitet. Die Helden in Westernfilmen tragen spitz zulaufende Stiefel mit Cowboy-Absatz. Rote Schuhe bzw. Absätze waren lange Zeit ein Privileg des Adels bzw. des Klerus; beide wurden in der französischen Revolution bekämpft. Das Berufsbild des Schusters als ein Spezialist der Lederverarbeitung neben dem des Sattlers entwickelte sich seit dem 13. Jahrhundert. Erst zu Beginn des 15. Jahrhunderts gab es in unseren Breiten flächendeckend Schusterzünfte; diese strukturierten die langwierige Lehrlingsausbildung. Wer Meister werden wollte, musste Wanderjahre absolvieren und anschließend verschiedene Meisterstücke anfertigen, die ganz bestimmte Eigenschaften und Ausstattungsmerkmale haben mussten. Natürlich wurde auch zwischen Schuhen für die „Manns-" und „Weibsleut" unterschieden. Neben der Fertigung von neuen Schuhen kam dem Flickschuster, der für das Reparieren von Schuhen zuständig war, eine große Bedeutung zu.

Bis zur Industrialisierung lebten die Menschen überwiegend auf dem Land. Wer einen Hof bewirtschaftete, gehörte schon zur Mittelschicht. Sattler und Hausschuster zogen mit ihrem Handwerkszeug von Hof zu Hof. Die Hauptarbeit bestand im Reparieren, und wer Glück hatte, bekam auch den Auftrag für eine Neuanfertigung.

Mit der Einführung der Gewerbefreiheit zu Beginn des 19. Jahrhunderts, ausgelöst durch die beginnende Industrialisierung, verloren die Zünfte an Bedeutung.

In einem kurzen Zeitraum von weniger als 50 Jahren wurde die Produktion von Schuhen industrialisiert. Die Einführung der Nähmaschine im Jahre 1850, bald darauf gefolgt von der Stanz- und weiteren Produktionsmaschinen, veränderte die Fertigung von Schuhen nachhaltig. Lange Zeit beschränkte sich daraufhin das manuelle Handwerk auf die Herstellung orthopädischer Schuhe und Reparaturen.

Der Sprecher Karl macht hier eine Pause, damit die Anwesenden Fragen stellen können, auch Anregungen und Meinungen sind erwünscht.

Den großartigen Fachvortrag wollte ich durch den Namen „Endicott" ergänzen. Henry Endicott gründete im Jahr 1890 ein Schuhherstellungsimperium und nahm 1899 einen Partner namens Johnson mit ins Boot. Wir können es eine kleine soziale Revolution nennen, als die Unternehmer „Endicott Johnson" den 8-Stunden-Tag einführten und die Löhne erhöhten. Zum Erstaunen der meisten Unternehmer stieg die Produktivität in der Endicott-Johnson-Company. Auch Henry Ford erkannte die Vorteile sozialer Verbesserungen und steigerte die Löhne, allerdings unter der Bedingung, dass sich seine Mitarbeiter nicht gewerkschaftlich organisierten.

Wolfgang erklärt mir, dass im Anschluss eine ca. 10-minütige Pause im Ablauf eingeplant ist. Er bietet mir ein weiteres Erfrischungsgetränk an. Aus ehrlicher Überzeugung lobe ich Karls Einführungsvortrag, da es ihm gelungen ist, neben den eingeblendeten Bildern bei mir das Kopfkino anzuregen, besonders die Märchenwelt, hier angesprochen durch die Siebenmeilenstiefel und den gestiefelten Kater. Auch das Märchen vom Aschenputtel ist gespickt mit Schuherwähnungen.

Nach der Pause wird die Power-Point-Präsentation fortgesetzt. Neben den eingeblendeten Bildern ist der Sprecher jetzt Wolfgang:

Unsere Schusterwerkstatt für die Bereiche Ausbildung und Produktentwicklung ist ganz traditionell ausgestattet. Im Mittelpunkt steht der Schustertisch als zentraler Arbeitsplatz. Hier finden sich die wichtigsten Werkzeuge und Hilfsmittel. Eine für das Schuhhandwerk entwickelte Nähmaschine, eine Schleifmaschine, eine Nagelmaschine, der Dreifuß, das Schustermesser und sogar noch ein Handnähapparat. Für den Lederzuschnitt haben wir ein Schneidbrett – daneben eine Lederwalze, die das eingeweichte Sohlenleder verdichtet. So wie der Schuhmacher früher für jeden seiner Kunden individuelle Leisten hatte, haben wir solche für hochwertige Modelle aus unserer Kollektion. Der Leisten ist die Modellform für das Schaftleder, das zugeschnitten und vernäht wird. Es folgt der Zuschnitt der Brandsohle, die mit dem Schaftleder vernäht wird. Traditionell kommt jetzt die Hinterkappe an die Reihe. Früher, und das zeigen wir den Auszubildenden auch heute noch, wurden die Nahtlöcher mit der Schuhahle vorbereitet, bevor die Hinterkappe mit Schuhschaft und Brandsohle fest vernäht wurde. Wenn die Ledersohle aufgenahtet ist und der Schuster diese mit Messer und Raspel geglättet hat, fehlt nur noch der Absatz. Um die Sohle beim Laufen zu schützen, werden der Absatz und die Sohlenspitze häufig mit einem Eisenplättchen beschlagen.

Hier endet die erste Einführung, jedoch nicht ohne dass es Gelegenheit zu Fragen und Anregungen gibt.

Es ist kurz vor 12 Uhr, und Karl kündigt das Mittagessen an:
„Ich würde vorschlagen, wir bleiben im Besprechungsraum, damit wir nach dem Essen gleich weiterarbeiten können." Ich bin natürlich einverstanden und darf zwischen einem vegetarischen Gericht und einem Fleischgericht wählen.

Das vegetarische Angebot:
Pfälzer Gemüse-Wok mit Nudeln, Kräutersoße und Mischsalat

Heutiges Tagesangebot:
Poulardenbrüstchen „Florentine" mit Jus, Rösti oder Butternudeln, Salat oder Gemüse

Ich wähle das vegetarische Gericht und erkundige mich nach dem „Koch". Wolfgang erklärt mir, dass seit Generationen ein gutes Verhältnis zu einer in der Nähe ansässigen Pfälzer Großmetzgerei mit angeschlossenem Partyservice besteht: „Unsere Mitarbeiter und auch wir können aus dem Wochenspeiseplan bereits am Freitag der Vorwoche unsere Wahl treffen. Bei unserer abschließenden Betriebsführung werden wir dir unseren ‚Kiosk mit Essensausgabe' und den Pausenplätzen zeigen."
Die beiden Herren haben sich auch für das vegetarische Gericht entschieden, und Wolfgang gibt die Bestellung telefonisch weiter.

Karl ergreift das Wort: „Unser Lieblingsmetzger ist immer auch mit den ersten Geschäftsaktivitäten unseres Günters verbunden. Aus einem Gespräch, das ich mit dem Anzeigenleiter unserer Tageszeitung führte, erfuhr Günter, dass Werbeagenturen für kleinere Kunden fast kostenlos arbeiten konnten, weil sie mit den Tageszeitungen auf Basis der höchsten Rabattstufe für Zeitungsinserate Verträge abschließen. Sie beraten kleine und mittlere Kunden, geben auf ihre Rechnung deren Inserate auf und kommen so in den Genuss der hohen Rabatte, die der einzelne Kunde nie erreicht hätte. Die Agentur wiederum berechnet mit dem geringeren Rabatt an den Inserenten weiter." Ich werfe ein: „Vereinfacht gesagt: das Großhandelsprinzip. Aber was hat das mit eurem Metzger zu tun?" Karl antwortet stolz: „Es zeigte sich, dass Günter das sogenannte Transfertalent besitzt. Er wusste, dass die Pfälzer Großmetzgerei Spezialitäten in Dosen vorwiegend an Touristen verkauft. Da steht natürlich der Pfälzer Saumagen ganz oben an, aber auch Leberwurst und Lyoner vom Wildschwein sowie Blut- und Griebenwurst gehören zum traditionellen Fünf-Dosen-Angebot, welches heute für Euro 30 –, verkauft wird. Damals galt der gleiche Preis, allerdings in D-Mark. Ganz offiziell ist auf der Preisliste der Metzgerei eine Rabattstaffel aufgeführt, die ab einer Bestellmenge von 100 Dosen greift.

Der höchstmögliche Rabatt von 20 % kann bei einer Abnahme von 500 Dosen in Abzug gebracht werden."

„Touristen brauchen weder 100 noch 500 Dosen", bemerke ich.

Karl hat diesen Einwurf fast schon erwartet: „Genau das hat auch Günter erkannt. Er kaufte 500 Dosen von seinem Taschengeld, die brutto inkl. Steuer DM 3.000 –, gekostet haben, bekam 20 % Rabatt und musste lediglich DM 2.400 –, bezahlen. In unserem Deidesheimer Appartementhotel und den anderen Ferienwohnungen bot er seine Pfälzer Wurstspezialitäten im Fünferpack für DM 30 –, an, nicht ohne darauf zu verweisen, dass die außerhalb gelegene Pfälzer Wurstfabrik in ihrem angrenzenden Ladenlokal bei dieser Abnahme den gleichen Preis nimmt. Wurst in Dosen hat ein langes Verfallsdatum, sodass Günter nicht mit Verlusten rechnen musste, was aber ohnehin bedeutungslos gewesen wäre, denn er erreichte eine schnelle Umschlagshäufigkeit. Es verging kein Monat, in dem er sein Angebot durchschnittlich nicht mindestens einmal umschlagen konnte, sodass er bereits Anfang der 70er Jahre noch als Schüler DM 600 –, im Monat verdient hat, was uns als seinen Eltern erst später bewusst wurde."

Wolfgang stand unvermittelt auf, verließ den Raum und kam kurze Zeit später mit dem Essen wieder, welches er wie alle anderen Mitarbeiter und Mitarbeiterinnen am sogenannten Kiosk abgeholt hatte.

„Ich darf sagen, es hat hervorragend geschmeckt! Jetzt darf ich aber Teller und Besteck zurückbringen." Wolfgang schüttelt lachend den Kopf und meint: „Vielleicht nach unserer Betriebsführung, sonst verlaufen Sie sich noch", nimmt Teller und Besteck und verlässt den Raum.

Auf seine Rückkehr wartend rekapituliere ich: „Karl, du hast bereits bei unserem ersten Treffen berichtet, dass du im Alter von 18 Jahren nach der Kombinationslehre im väterlichen Betrieb deinen Abschluss sowohl als Industriekaufmann wie auch im Lehrberuf Schuhmacher erfolgreich absolviert hast. Ich bin jetzt gespannt, wie sich dein sicherlich spannender Werdegang weiterentwickelt hat."

Karl nimmt einige Notizen zur Hand und berichtet:
„Zunächst wurden alle Fachkräfte, zu denen ich mich auch zählte, im Betrieb gebraucht. Die Dezimierung der arbeitsfähigen Männer durch den Krieg, von denen bedauerlicherweise einige gefallen waren und andere als vermisst galten, konnte nicht durch verstärkte Frauenarbeit ausgeglichen werden. Auch die Verantwortlichen der Firma Meidinger standen im Jahr 1947/48 vor den Trümmern ihres Werks. Wir – allen voran unser Vater – waren aber zuversichtlich, trotz des Mangels, wieder einen funktionierenden Produktionsbetrieb aufbauen zu können. Weil die alte Reichsmark de facto wertlos war, blühte der Tauschhandel. Er bot geschäftlich wie privat die einzige Möglichkeit, um an Material und Ware zu kommen. Das änderte sich 1948 mit der Währungsreform schlagartig. Geld bekam seine Akzeptanz als Zahlungsmittel zurück.

Wir Meidingers galten im Sinne der Entnazifizierung als ‚unbelastet'. Ein Vorteil, weil wir nicht mit Benachteiligungen oder gar Schikanen der „Besatzer" rechnen mussten und optimistisch den Wiederaufbau unserer Produktion angehen konnten."

In Pirmasens wurde im Jahr 1927 die Deutsche Schuhfachschule als eigenständige Fachschule der Deutschen Schuhindustrie gegründet. Anfänglich nutzte die „DSF" das ehemalige Fabrikgebäude der Schuhfabrik „Grießer & Lang" in der Kaiserstraße. Zu Beginn der 30er Jahre wurde der Neubau an der Lemberger Straße in Angriff genommen und am 25. April 1936 in Gegenwart politischer Prominenz und namhafter Schuhproduzenten eröffnet. Auch mein Vater war eingeladen. Mit dem Umzug in das eigene Gebäude änderte die Einrichtung ihren Namen in „Deutsche Schuhfachschule". Es stand früh fest, dass ich „unsere Fachschule" besuchen würde. Als ich mich angemeldet habe, war ich bereits 24 Jahre. Jetzt waren sowohl meine Frau als auch mein Vater einverstanden, zumal sich die Personalsituation besonders durch unsere Aktivitäten im Bereich der Berufsausbildung deutlich gebessert hatte. Der Zeitpunkt war glücklich gewählt, denn nach zweijähriger Ausbildung wurde den erfolgreichen Absolventen und Absolventinnen 1956 erstmals der Titel *„Staatlich geprüfter Schuhtechniker/Staatlich geprüfte Schuhtechnikerin"* verliehen. Wir Studierenden konnten damals unter den beiden Ausbildungsschwerpunkten „Betriebstechnik" und „Modellgestaltung (Design)" auswählen.

Während der Prüfung wurde unser Schwerpunktbereich berücksichtigt. Fortan nannten sich die Absolventen *„Staatlich geprüfter Schuhtechniker/Staatlich geprüfte Schuhtechnikerin Betriebstechnik* – mein Schwerpunkt – oder *Staatlich geprüfter Schuhtechniker/ Staatlich geprüfte Schuhtechnikerin Modellgestaltung"*.

Die Idee von Fachschulen wie bei uns in Baden-Württemberg die Textilfachschule in Nagold oder aber auch die Möbelfachschule in Köln habe ich immer positiv gesehen und kommentiert; deshalb interessieren mich die Zulassungsvoraussetzungen.

„Man braucht ein Abschlusszeugnis nach einer einschlägigen Ausbildung als Schuhfertiger, Schuhmacher oder Fachkraft für Lederverarbeitung und eine einschlägige Berufspraxis, mindestens 6–12 Monate. Zugelassen werden auch Bewerber, denen eine mindestens fünfjährige einschlägige Berufspraxis bestätigt werden kann."

Karl erklärt weiter: „Uns wurden in Lernmodulen auch arbeitsorganisatorische, werkstoffkundliche und fertigungstechnische Kenntnisse vermittelt. Natürlich war ich auch während dieser zweijährigen Ausbildung so oft wie möglich im Betrieb. Mein Vater belohnte mich 1956 für mein Engagement, beruflich und privat, denn schließlich hatte ich schon zwei Söhne, und für meinen erfolgreichen Bildungsabschluss durch die Ernennung zum neben ihm gleichberechtigten Geschäftsführer. Vaters Herz schlug immer für die Leute an der betrieblichen Front; für die Mitarbeiter(innen) im Betrieb ebenso wie für die Außendienstler bis hin zu den Lkw-Fahrern. Spätestens seit Mitte der 1950er Jahre zahlten wir übertarifliche Löhne und Gehälter und führten schon 1961 das 13. Monatsgehalt ein. Aus Anlass meines 40. Geburtstages kündigten wir 1970 die Altersversorgung und die Unterstützungskasse für alle Mitarbeiter(innen) mit entsprechender Betriebszugehörigkeit an. Die Altersversorgung sicherte ihnen das Anrecht auf eine betriebliche Zusatzrente nach Erreichen der Altersgrenze. Dieses Anrecht erwarb jede(r) Mitarbeiter(in) bereits nach zehnjähriger Betriebszugehörigkeit. Die Höhe der Zusatzrente war abhängig vom Verdienst und stieg mit jedem weiteren Jahr der Betriebszugehörigkeit.

Wir konnten uns vieles leisten, weil Meidinger-Schuhe als qualitativ gut und modisch aktuell galten und deshalb auskömmliche Preise erzielten. Besonders unser Außendienst, den wir nach dem Krieg auf freie Handelsvertreter umgestellt hatten, profitierte überproportional. Die Provisionshöhe war zu einem Zeitpunkt festgelegt worden, als der Vertreter die Bestückung beim Fachhändler immer wieder neu vornehmen musste; das bedeutete, unsere Fachgeschäftskunden bestellten ein Sortiment, verkauften diese Ware ab und orderten beim nächsten Vertreterbesuch neu. Später disponierten die Händler unabhängig vom Vertreterbesuch nach, wenn der Bestand eines Modells die festgelegte Untergrenze erreicht hatte. Dies geschah natürlich bei den Sonderangeboten schneller als beim Standardsortiment. Sonderangebote wurden überdurchschnittlich nachdisponiert, was für uns von Nachteil war, weil sie weniger werthaltig waren; die freien Handelsvertreter bekamen ihre einheitlich festgelegte Provision trotzdem.

Die 1970er Jahre können alles in allem als erfolgreich bezeichnet werden. Wir reinvestierten Gewinne in die Firma – schufen dabei, wie wir später erkennen mussten, teils unnütze Kostenstellen.

Mein Vater, Karl Meidinger senior, war bis zum 67. Lebensjahr als Geschäftsführer im Betrieb tätig. Von 1975 an trug ich sieben Jahre die Hauptverantwortung alleine, konnte aber jederzeit auf den Rat und, wenn es nötig war, die tätige Mitarbeit meines Vaters zurückgreifen. Wolfgang stieg 1982 aufgrund seiner hervorragenden Schul- und Studienabschlüsse als Geschäftsführer in unseren Betrieb ein.

Nach den überwiegend guten Erfahrungen der letzten Jahrzehnte war ich vielleicht zu optimistisch und gutgläubig. Vor allen Dingen unsere Einzelhändler habe ich als Firmenfamilienmitglieder gesehen und ihren Beteuerungen immer vertraut. Irgendwann kam ich später zu der Erkenntnis, dass man eben hinterher viel gescheiter ist als vorher."

Karl stellt die Richtlinien seiner Firma Schuh-Meidinger GmbH vor: „Den Händlern sollte ein solides und jederzeit modisches Sortiment ‚Made in Germany' zu fairen Preisen angeboten werden. Die Sortimentstiefe durfte keine Wünsche unerfüllt lassen, Anregungen der Händler wurden beachtet. Jeder Mitarbeiter und jede Mitarbeiterin durfte sich auf einen sicheren Arbeitsplatz verlassen und eine übertarifliche Bezahlung erwarten. Wolfgang erwarb bereits in seiner Studienzeit als angehender Diplombetriebswirt genaue Marktkenntnisse und betriebskontinuierliche Marktsondierung. So konnten wir früh über den Außendienst oder betriebliche Schulungen auf die Einführung von Vorwahlständern anstelle der ausschließlichen Schaufensterpräsentation hinweisen. Unsere Händler nahmen die Anregungen gerne auf – so auch den Vorschlag, die Schuhe bereits vor dem Laden anzubieten. Um Diebstahl vorzubeugen, wird immer nur ein Schuh und nicht das ganze Paar ausgestellt. Der Endkunde konnte in Ruhe, ohne den Laden zu betreten, eine Vorauswahl treffen und danach den Schuhverkäufer/die Schuhverkäuferin vorinformiert ansprechen.

Was wir nicht bedacht haben: Unsere Anregungen und Vorschläge wurden von den Händlern auf ihr gesamtes Sortiment und nicht nur auf Meidinger-Schuhe angewandt."

Wolfgang, der genaue Marktbeobachter, stellt fest:
„Uns fiel bereits in den 1970er Jahren auf, dass in den Vorwahlständern immer häufiger Angebote standen, die unseren Modellen zum Verwechseln ähnlich sahen – aber preislich nicht zu unserem Angebot passten. Als wir einige Paare im Einzelhandel kauften, mussten wir feststellen, dass es sich um gut nachgemachte Plagiate aus Billiglohnländern handelte. Die deutsche Schuhindustrie hatte Konkurrenz bekommen." Karl fügt an: „Die Genauigkeit, die ich an Wolfgang schätze, habe ich schon hervorgehoben. Je mehr Verantwortung er im Betrieb übernahm, desto größer war sein Wunsch, Entscheidungen abzusichern, indem er Fremdberater hinzuzog. Auch innerbetriebliche Stabsstellen wurden geschaffen."

„Du hast recht, Vater, wir hätten öfters auf das Prinzip Versuch und Irrtum setzen sollen, zumal die Entwicklung neuer Schuhe nicht allzu kostenintensiv ist. Mittlerweile habe ich erkannt, dass Angst vor falschen Entscheidungen die Wiege der Bürokratie ist. Ich wollte in meiner Anfangszeit auf Nummer sicher gehen – alles durchplanen und den Rat von verschiedenen bezahlten, externen Beratern einholen."

„Was ist daran falsch?", frage ich.

Karl antwortet: „Irgendwann hatten wir die Kosten nicht mehr im Griff. Natürlich kannten und kalkulierten wir die einzelnen Kostenstellen, überprüften jedoch nicht die Notwendigkeit der jeweiligen Ausgabe. Zu hohe Gesamtkosten und preiswerte Konkurrenz aus Billiglohnländern führten zur Umsatzstagnation bei der Schuh-Meidinger GmbH. Wir bekamen den Ruf, qualitativ gut, modisch aktuell, von der Abwicklung zuverlässig, aber teuer zu sein."

Wolfgang erklärt, was er in der Theorie während des Studiums gelernt hat: „Wer wirklich etwas ändern will, darf sich nicht auf das Kurieren der Symptome beschränken. Er muss die Ursachen erforschen und das Unternehmen anpassen. In dieser Situation sind wirkliche Unternehmerpersönlichkeiten gefragt, die über ihren Betrieb hinausdenken. Das Problem bei eigentümergeprägten Unternehmen liegt nicht in der mangelnden Anpassungsfähigkeit des Unternehmens, sondern bei der Unternehmerfamilie und deren Bereitschaft zu Selektion und Mutation."

Ich unterbreche Wolfgangs fast schon akademische Einlassung: „Sie gebrauchen Begriffe aus der Biologie!"

„Ja", bestätigt Wolfgang. „Die wirtschaftlichen Lebensverhältnisse haben sich in der zweiten Hälfte des vorigen Jahrhunderts geändert. Die Wertschöpfungsketten haben neue Wege genommen. Nach dem Krieg gab es zunächst ein begrenztes Warenangebot – sowohl qualitativ als auch quantitativ. Die Hersteller waren in der dominanten Position – Groß- und Einzelhandel von ihnen abhängig. Der Handel hat sich jedoch weiterentwickelt. Aus tüchtigen Nachkriegsgründern wurden mächtige Unternehmer wie bei euch in Karlsruhe Hugo Mann. Leute wie diese schufen Einkaufsmärkte auf der grünen Wiese, und die Kräfteverhältnisse änderten sich. Mächtige Handelskonzerne und Handelskooperationen bestimmten fortan, wer was wann und wo produzierte. Das Konzept dieser Handelsexperten lautete: große Bestellmengen und weltweiter Produkteinkauf!"

Ich unterbreche Wolfgangs spannenden Vortrag und bitte um ein konkretes Beispiel.

„Nehmen wir unsere Schuhbranche und betrachten nicht ohne Respekt und Bewunderung den Marktführer Deichmann. Als wir Meidingers längst Schuhe produzierten, eröffnete Heinrich Deichmann 1913 in Essen-Borbeck eine Schuhmacherei. Wir Meidingers verkauften fast ausschließlich über den Fachhandel, während Heinrich Deichmann früh eine richtungsweisende Entscheidung traf. Nur 6 Jahre nach Firmengründung startete er mit dem Verkauf von fabrikgefertigten Schuhen als Einzelhändler. Damals hat wohl keiner geahnt, dass er den Grundstein für Europas größte Schuhkette legte. 1930 wird die erste Filiale eröffnet. 10 Jahre später verstirbt der Firmengründer, und seine Frau Julie führt das Geschäft weiter. 1949 erfolgt die Eröffnung der ersten Deichmann-Filiale außerhalb Essens in Düsseldorf. Sohn Dr. Heinz Horst Deichmann hatte zunächst Medizin studiert. Gemäß dem Motto: Schuster bleib bei deinen Leisten, wurde er Orthopäde. Im Betrieb war er immer involviert und wurde 1956 Geschäftsführer des aufstrebenden Familienunternehmens. Wie wir Meidingers hatte er ein Gespür für modische Trends, sodass er nicht nur gute, sondern auch modisch aktuelle Schuhe anbot, aber wie viele Unternehmer in Deutschland in Billiglohnländern fertigen ließ und damit einen preislichen Wettbewerbsvorsprung hatte; das führte zu einer überdurchschnittlichen Rendite, trotz günstiger Endpreise. Deichmann gibt seine Bestellungen auch heute noch gerne in Ländern wie Kambodscha auf, weil China fast schon zu teuer ist. 2008 war die 3-Milliarden-Umsatzgrenze bereits durch den Verkauf in über 3.500 Filialen überschritten. Dr. Heinz Horst

Deichmann ist als bekennender Christ auch als Mensch eine Größe, weil er sich durch sein soziales Engagement auszeichnet. Bis zuletzt aktiv, verstarb er 2014 im Alter von 88 Jahren. Sohn Heinrich O. Deichmann führt den Schuhfilialist in der dritten Generation weiter."

Ich fasse zusammen: „Sowohl Heinrich Deichmann als auch Sohn Dr. Heinz Horst Deichmann haben ihrem Unternehmen eine unverwechselbare Prägung gegeben. Der Vater fertigte Schuhe und verkaufte als Einzelhändler direkt an den Endkunden, der Sohn entwarf Schuhe und ließ weltweit produzieren. Dabei baute er sein Filialnetz grenzenlos aus, immer mit einer klaren Unternehmensstrategie." Karl bekennt: „Nur ein außergewöhnlicher Unternehmer kann ein solch außergewöhnliches Unternehmen wie Deichmann schaffen. Um wachsen zu können und dauerhaft zu bestehen, braucht er in jeder Filiale nicht nur Hunderte, sondern Tausende Kunden."

„Ich möchte zurück zu euch, meinen Auftraggebern, Familie Meidinger, kommen und euch fragen, wann ihr begonnen habt, über Änderungen in eurem Unternehmen nachzudenken." Wolfgang antwortet spontan: „Für mich ist die Bilanz das Zeugnis des verantwortlichen Geschäftsführers. Als der Vorstand unserer Hausbank nach Vorlage der damals aktuellen Bilanz um ein Gespräch bat, wussten Vater und ich, dass die ersten Anzeichen einer Krise nicht mehr zu übersehen waren."

Karl ergänzt: „Als ich den gewünschten Besprechungstermin vereinbarte, überraschte mich die Vorstandssekretärin mit der fast beiläufigen Bemerkung ‚Die Herren unseres Hauses haben den Wunsch, dass nicht nur euer Sohn Wolfgang, sondern auch Günter an der Besprechung teilnimmt.' Ich war verwundert und habe die Sekretärin gebeten, mich mit dem Vorstand zu verbinden, um den Grund für diesen Wunsch zu erfahren. Der Vorstand, mit dem ich seit Langem auch freundschaftlich verbunden bin, nahm das Gespräch entgegen und überraschte mich mit seiner

Ansprache erneut. „Ich finde es richtig, dass ihr Meidingers den Schritt in den Discounteinzelhandel und Online-Verkauf gewagt habt. Ich gratuliere dir, lieber Karl, zu deinem Sohn Günter, der nach seiner Ausbildung und Tätigkeit bei ALDI Nord in Mönchengladbach auf der Hindenburgstraße seinen ersten MeDi-Laden eröffnet hat. Wir als Bank haben ihn begleitet und sind mit den Anfangserfolgen ebenso zufrieden wie mit seinem Online-Verkauf.

Du kannst mir glauben, Fred, und Wolfgang kann es bestätigen, wir waren noch nie im Leben so überrascht wie von dieser Aussage. Wir hatten keine Ahnung davon gehabt, dass Sohn Günter den Weg in die Selbstständigkeit gewagt hatte."

Wolfgang ergänzte: „Seine Geschichte wird dir Günter selber erzählen. Von uns nur so viel: Günter hatte vor seinem Entschluss, bei ALDI Nord zu lernen, darum gebeten, seinen eigenen Weg gehen zu dürfen, und es als selbstverständlich erachtet, dass er keine finanzielle Unterstützung von seiner Familie erwartete. Er nannte dies den Preis der Freiheit. Wir waren einverstanden, nicht ohne darauf hinzuweisen, dass er jederzeit auf uns zurückgreifen kann; worauf Günter seinerzeit selbstbewusst geantwortet hat: ‚… oder ihr auf mich.'"

Wirklich neugierig geworden will ich von Karl wissen: „Wann hast du deinen Sohn in Kenntnis der neuen Tatsachen interviewt?"

„Er hat uns nach Baiersbronn eingeladen, wo wir gleich Drei-Sterne-Lokale besuchen sollten. Du weißt, erfolgreiche Jungunternehmer ticken anders. Ich habe bereits auf sein Transfertalent hingewiesen, und seine Transfergedankenkette war jetzt: erfolgreiche individuelle Sternegastronomie, geprägt von wenigen Persönlichkeiten – vergleichbar mit erfolgreichen, individuellen Manufakturen, geprägt von wenigen Persönlichkeiten – umsetzbar als Schuhmanufaktur Meidinger in der heimischen Südpfalz."

„In einem Artikel, den ich als Karlsruher über eure Region geschrieben habe, stellte ich fest: Wer in der Pfalz aufgewachsen ist, kennt den Bedarf der Menschen nach Wertigkeit und besonderer Qualität. Die Existenz der vielen Weingüter, deren Kellermeister mit Kollegen aus anderen Regionen um besondere Anerkennung und Auszeichnungen wetteifern, sind der lebende Beweis.

Wie bei allen Produkten gibt es auch beim Wein eine industrielle Massenproduktion, und tatsächlich werden die meisten Flaschen beim Discounter gekauft.

Viele Kenner, die den Wein an der Stätte seiner Geburt kennenlernen wollen, fahren jedoch auf der 80 km langen Deutschen Weinstraße von Nord nach Süd bis an die elsässische Grenze und können dabei wahlweise 46 große oder kleine Weinorte besuchen. Malerische Städtchen und Dörfer wie Bad Dürkheim und Deidesheim sind Sitz von traditionsreichen Weingütern. In Deidesheim verhalfen beispielsweise die Namen Reichsrat von Buhl und Bassermann-Jordan den Pfälzer Weinen zu großer Beachtung. Zwischen Bad Dürkheim und Deidesheim befindet sich in Wachenheim eines der ältesten, renommiertesten und größten Güter Deutschlands: Dr. Bürklin-Wolf, dessen Geschichte bis 1597 zurückverfolgt werden kann.

Hier weiß man, dass ‚manus', lateinisch Hand, und ‚facere', etwas machen, bedeutet. Die abgeleitete, wohlklingende Bezeichnung Manufaktur steht demnach für etwas von Hand Gemachtem, ist aber auch Programm: Individuelle Handarbeit in meisterlicher Qualität – das ist es, was wir von Produkten aus einer Manufaktur erwarten. Dabei ist das Produktspektrum außerordentlich breit. Feinkost – Getränke – Gebäck oder Lederwaren und Schmuck – Einrichtungen und Dekorationsartikel werden unter anderem in Manufakturen hergestellt. Bekleidung von Kopf wie Hüte bis Fuß wie Schuhe spielen dabei eine herausragende Rolle. Schiller sagt: „… soll das Werk den Meister loben, doch der Segen kommt von oben', und richtig, solche edlen Produkte sind nicht nur eine Ware, sondern dahinter steht die vom Meister geschriebene Geschichte. Der Preis spielt nur noch eine Nebenrolle."

Ich merke, dass Karl und Wolfgang aufmerksam zuhören, aber etwas einzuwenden haben. Dies macht Karl mit der Bemerkung deutlich: „Manufakturen markieren den Übergang vom Handwerk zur Fabrik. Handwerksbetriebe, die üblicherweise in Zünften organisiert waren, fusionierten zu größeren Unternehmen, und ihre Produktionsmethoden konnten durch den Einsatz innovativer Arbeitsmittel spezialisiert und optimiert werden.

Der Unterschied zur Fabrik besteht darin, dass Manufakturen bei ihrer Entstehung bereits verschiedene Handwerker in einer Unternehmung zusammenfassten und mit neuen Hilfsmitteln strukturierte Produktionsabläufe organisierten. Die später entstehenden Fabriken ersetzten die Handarbeit weitestgehend durch maschinelle Fertigung. Wenn wir bedenken, dass die Manufakturen durch Konzentrations- und Rationalisierungsbemühungen entstanden sind und als Vorboten der Industrialisierung im späten 18. und dem folgenden 19. Jahrhundert gelten, hat sich auch unser Betrieb vom Handwerk über die Manufaktur zur Fabrik entwickelt."

Ich hake ein: „Heute gibt es wieder eine Meidinger Schuhmanufaktur?"

„Genau, wir sind gemäß dem Motto: „Back to the Roots" zu dem Entschluss gekommen, mit der Meidinger Schuhmanufaktur GmbH eine eigenständige Firma zu gründen", erklärt Wolfgang.

„Geschah dies unter dem wirtschaftlichen Zwang der notwendigen Neustrukturierungen?", frage ich.

„Ja", meint Wolfgang. „Unsere Analyse hat die Überzeugung bestätigt, dass mindestens zwei Dutzend hochqualifizierter Schuhmacher, viele davon mit Meisterprüfung, bei unserer Schuh-Meidinger GmbH als wertvolle treue Fachkräfte beschäftigt sind. Nach Köpfen zählte die gesamte Belegschaft 250 Personen, wobei viele Mitarbeiterinnen in Teilzeit tätig waren. Für die ganze Familie Meidinger war der Erhalt der

Arbeitsplätze von zentraler Bedeutung. Beim Gesamtkonzept der Neuausrichtung war dies zu berücksichtigen. Bei uns Meidingers dreht sich letztlich alles um das Produkt Schuhe, und das wird auch so bleiben!

Für die Zukunft haben wir uns vier Standbeine gegeben. Neben der individuellen Herstellung unter dem Dach der Manufaktur geht es gleitend in die Produktentwicklung für die ausgelagerte Fertigung über, um sowohl stationär beim MeDi als auch online unser Produkt zu vertreiben."

Die Meidinger Schuhmanufaktur

Wolfgang verteilt eine Hochglanzbroschüre mit diesem Titel als Arbeitsunterlage.

In der Einleitung wendet er sich persönlich an die Leser und Leserinnen:

Liebe Leserin, lieber Leser,
dass für die meisten Frauen Schuhe das Zweitwichtigste auf der Welt sind, ist eine altbekannte Tatsache. Seit die Dassler-Brüder unter dem Namen Adidas und PUMA den Sportschuh revolutionierten, sind auch Männer nicht länger vor dem Wunsch gefeit, ein gutes Schuhwerk zu besitzen.

Der Schuhkauf erfolgt meistens durch eine Anprobe seriengefertigter Produkte, und der neue Besitzer entscheidet sich nach einem Probegang. Die Meidinger Schuhmanufaktur GmbH bietet die perfekte Alternative: den handgefertigten Schuh vom Spezialisten.

Zunächst klären wir: Was verstehen wir unter einer Manufaktur, und wie ist der Begriff geschichtlich einzuordnen?

Die Entstehung von Manufakturen lässt sich bis in die Zeit von Barock und Absolutismus zurückverfolgen. Damals befanden sich Manufakturen häufig im Eigentum eines Herrschers oder des Staates. Als Vorbote der Industrialisierung sollten massenhaft Güter nach dem Effizienzprinzip hergestellt werden. Wie zu Beginn der Industrialisierung waren die Arbeitsbedingungen meist schlecht. So gesehen stimmt die historische Manufaktur nicht mit ihren Klischees überein. Eine Verallgemeinerung ist jedoch unzulässig, weil Unternehmensführung und damit verbunden auch die Arbeitsbedingungen vom jeweiligen Chef bestimmt werden.

Heute verlangt der Kunde von einer Manufaktur unabdingbar, dass handwerklich gearbeitet wird. In einer arbeitsteiligen Welt ist es jedoch nicht vorstellbar, dass die handwerkliche Wertschöpfung bei 100 % liegen muss, um aus einem Produkt ein Manufaktur-Erzeugnis zu machen. Auch bei jedem industriell gefertigten Gut, welches sich als Marke bezeichnet, wie beispielsweise einem Auto, werden Komponenten, sogenannte Übernahmeteile von Zulieferern, gekauft und eingebaut. Autokonzerne greifen oft auf baugleiche oder leicht modifizierte Motoren zurück.

Die Meidinger Schuhmanufaktur erhebt den Anspruch, Geschichte und Tradition zu verkörpern und Bewahrer alter Produktionstechniken zu sein. Jeder Schuh, der den Betrieb verlässt, ist nach eigenen Entwürfen, oft unter Berücksichtigung individueller Kundenwünsche gefertigt.
Für uns ist wichtig, dass jede verwendete Materialkomponente die bestmögliche Alternative ist; deshalb wird Spitzenleder aus Italien, dem Land der „Ledermaker", und Kork aus dem Mittelmeerraum, wie beispielsweise die Rinde der portugiesischen Eiche, bezogen werden. Schließlich ist entscheidend, dass der Schuh schon in der Hand durch sein Design und die Haptik der Materialien und schließlich am Fuß durch die

außergewöhnliche Bequemlichkeit eines rahmengenähten Schuhs begeistert.

Die nachfolgende Information in dieser Broschüre gibt Ihnen, lieber Leser, liebe Leserin, Einblick in unser gesamtes Leistungsspektrum, welches in drei Sparten gegliedert ist.

Dass wir in jedem Fall Ihren Ansprüchen genügen können, hofft

Ihr Wolfgang Meidinger

Information

Bevor die Arbeit in unserer Manufaktur beginnt, stehen Sie, unsere Kundinnen und Kunden, im Mittelpunkt – und natürlich Ihre Füße, für die wir ein Paar handgearbeitete Unikate erstellen möchten.

Neben der Funktionsberatung müssen Kundenwünsche bezüglich Optik und Design ermittelt werden; dies geschieht durch Vorauswahl aus unserem Musterregal. Im Gegensatz zum üblichen Schuhkauf können Kundinnen und Kunden jeden Musterschuh nach eigenen Wünschen modifizieren. Zu berücksichtigen ist auch die gesellschaftliche Etikette, denn solch feines Schuhwerk wird oft bei ganz besonderen Anlässen getragen und muss sich in das Gesamtbild der Bekleidung nahtlos einfügen.

Schon in der Beratungsphase erfolgt eine sorgfältige Fußanalyse. Unsere Podologin betrachtet jeden Fuß genau, um mögliche Probleme zu erkennen, bevor eine exakte Fußvermessung gemacht wird und sie den Fußabdruck nimmt. In dieser Phase werden auch orthopädische Aspekte berücksichtigt und, falls notwendig, entsprechende Empfehlungen wie das Aufsuchen eines Orthopäden gegeben.

Wenn die Entscheidung für einen Maßschuh gefallen ist, werden die ermittelten Maße auf die Leisten aus Holz übertragen und in Form geschliffen, sodass ein Maßleisten für jeden Fuß zur Verfügung steht. Dieser wird bei uns eingelagert, damit er bei weiteren Bestellungen verwendet werden kann – allerdings nicht ohne vorher überprüft zu haben, ob sich der Fuß verändert hat.

Die Meidinger-Schuhmanufaktur GmbH verwendet für die Luxusserie als Ober- und Futterleder besonders weiches, vegetabil gegerbtes Leder mit einer biologischen PflegeleichtAusstattung. Für den Boden wird ausschließlich altgrubengegerbtes Leder eingesetzt. Das von unseren Edelgerbereien gelieferte Leder wird vor der Verarbeitung nochmals von unserem Spezialisten auf Qualität, Beschaffenheit und Spuren eines gelebten Lebens geprüft. Von Fehlern im üblichen Sinn dürfen wir jedoch nicht sprechen – haben wir es doch mit einem Naturprodukt zu tun. Ausgeheilte Verletzungen, Narben oder erlittene Mückenstiche – alles ist auf der Hautoberfläche zu erkennen.

Jetzt werden die Lederhäute mit einem Spezialmesser auf einer Zinkblechunterlage zugeschnitten. Beim Zuschnitt werden die Schablonen um unerwünschte Stellen gelegt und ausgespart. So erhalten wir die vielen Einzelteile für jeden Schuh. Beim Zuschnitt muss berücksichtigt werden, dass die einzelnen Teile, die später nebeneinander vernäht sind, in Farbe und Struktur zusammenpassen. Auf eine optimale Ausnutzung der Haut wird geachtet.

Nach dem Zuschnitt werden die Ledereinzelteile bei der Luxusausführung von Hand zum sogenannten Schaft zusammengenäht. Individuelle Nahtbilder und Ziernähte erfordern handwerkliches Geschick.

Beim sogenannten Einstechen wird der Rahmen mit dem Schaft verbunden; danach erfolgt das Doppeln. Dabei werden der Schuhboden sowie die Zwischen- und Laufsohle durch jeweils eine Naht mit Rahmen und Schaft verbunden. Nähte gelten immer noch als die haltbarste Verbindung bei der Schuhherstellung. Deshalb werden Meidinger Schuhmanufaktur-Schuhe handgenäht. Bei jedem Schuh sind Rahmen, Schaft, Zwischen- und Laufsohle mit drei einzelnen, aufeinanderfolgenden Nähten von Hand miteinander verbunden. Zum Schluss wird die aufgebrachte Sohle mit besten Lotionen behandelt, eingefärbt und der Schuh auf Hochglanz poliert. Es erfolgt die erste Anprobe des gefertigten Meidinger Schuhmanufaktur-Modells. Dabei stellt der Benutzer ein behagliches Klima im Schuh fest; Grund ist die Ausstattung mit einem eigens für Schuhe entwickelten Korkprodukt aus der Rinde der portugiesischen Eiche. Spätestens jetzt sind unsere Kunden und Kundinnen davon überzeugt, dass für ihre MML-Schuhe nur das Beste gut genug ist. Bis zu 80 Arbeitsstunden werden bis zur Anprobe für das handgefertigte Paar Maßschuhe benötigt.

Das hat natürlich seinen Preis!
Wir sprechen hier aber von der Luxusklasse, in dem der Schuhbesitzer seine Wertschätzung für meisterhafte Handarbeit und gute Materialien und gutes Design zum Ausdruck bringt.

Ein weiteres Produkt unserer Manufaktur sind die MM-Comfort-Schuhe; dies steht für Meidinger Manufaktur-Comfort,, mit Hand und Herz gemacht. Auch bei diesem Angebot steht die Fußanalyse, insbesondere der Fußabdruck, am Anfang. Unser Comfortschuh hat ein Wechselfußbett, welches zum Lüften und Reinigen herausgenommen werden kann, wobei der Schuh auch für orthopädische Einlagen geeignet ist. Die Fußbetten und Sohlen werden individuell nach den Kundenfußabdrücken gefertigt; um diese herum wird der Schuh aufgebaut. Der Schaft besteht in der Regel aus hochwertigem Nappaleder mit Longlife-Ausstattung und ist mit Spezial-

maschinen genäht, wobei keine Nähautomaten zum Einsatz kommen. Hochwertiges, antibakterielles und feuchtigkeitsabsorbierendes Futter sorgt für ein angenehmes Fußgefühl. Die besonders weiche Polsterung schützt Ihren Fuß und garantiert optimalen Tragekomfort.

Der Schuh wird, nach Größen und Zwischengrößen sortiert, in Serie gefertigt. Auch hier wissen unsere Schuhmacher durch die Vermessung, ob es sich um schmale, kräftige, normale oder breite Füße handelt, sodass die ideale Passform gefunden werden kann. Bei unserem Comfortschuh begeistern das Preis-Leistungs-Verhältnis, die weitestgehende Handarbeit, die man von einer Manufaktur erwartet und die garantierte Fertigung vor Ort.

Im Gegensatz zu der preislich deutlich höher liegenden Luxusausführung entscheiden sich Kundinnen und Kunden für den Comfortschuh meist spontan.

Neben den beiden hausgefertigten Produktlinien MML und MMC entwickelt unsere Werkstatt Schuhmodelle, die später aus Kostengründen im Ausland nach unseren Vorgaben gefertigt werden. Der Vertrieb dieser Kollektion erfolgt nicht über die Meidinger Schuhmanufaktur GmbH, sondern über die Firma MeDi.

UNSER SCHUHMOBIL

Als wir uns über den Vertrieb der Meidinger Schuhmanufaktur Gedanken gemacht haben, war die erste Frage: Wie kommen die interessierten Verbraucher zu uns?
Die Antwort: Wir kommen zu ihnen.

Wir haben ein Schuhmobil entwickelt, sind dadurch mobil und haben die Möglichkeit, mit vielen Menschen in Kontakt zu kommen.

Jedes Jahr im Monat November erstellen wir einen Routenplan für das kommende Jahr. Wir überlegen, welche Messen oder Veranstaltungen besucht werden sollten. Berücksichtigt werden Messen wie der Mannheimer Maimarkt, die Offerta in Karlsruhe, aber auch Spezialmessen wie die Eurocheval in Offenburg. Jedes Jahr besuchen wir 20 Events.

Unser Schuhmobil gleicht einem großen Wohnmobil, ist jedoch unserem Produkt entsprechend plakatiert und beschriftet. Ein wetterfester Vorbau erweitert die Angebotsfläche.

Das Angebot fängt bei Pflegemitteln für Schuhe und andere Lederprodukte, beispielsweise Ledersessel oder Garnituren, an. Diese Pflegemittel kann im Prinzip jeder Messebesucher benötigen.

Im vorderen Bereich des Mobils bietet eine L-Sitzgruppe mit freistehendem Tisch und den drehbaren Fahrer- und Beifahrersitzen Platz für Kundengespräche. Für unsere vielseitige Produktauswahl bis hin zu den Musterschuhen ist Stauraum in den Wandschränken vorhanden. Alle Schubfächer und Türen verriegeln sich bei Fahrtantritt automatisch. Zugunsten von Stauraumflächen wurde auf eine aufwendige Küche verzichtet. Eine kleine Kompaktküchenzeile reicht für unsere Zwecke.

Der Clou in unserem Schuhmobil ist ein verstellbarer Spezialsessel, wie er in podologischen Praxen verwendet wird. Er steht im hinteren Mobilbereich, in welchem die Camper zwei Betten unterbringen könnten, und ist mit einem Kunststoffvorhang vom übrigen Innenraum getrennt. Nach einem Fußbad werden die Füße begutachtet und vermessen, bevor der Fußabdruck genommen wird; nach diesem fertigt unser Betrieb ein Paar Einlagesohlen. Diese werden dem Kunden zum üblichen Tarif in Rechnung gestellt und können unabhängig vom Kauf eines Meidinger-Schuhs verwendet werden.

Zuvor oder im Anschluss an diese Prozedur lassen sich Interessenten zum Thema MML- oder MMC-Schuhe beraten. Während die Entscheidung für den Comfort-Schuh oftmals spontan fällt, brauchen Kundinnen und Kunden für den Luxus-Schuh in der Regel weitere Informationen, die wir durch Erstellen einer mehrdimensionalen Computerabbildung, verbunden mit der Einladung in unseren Betrieb, erfüllen.

Unser ganzer Stolz, eine Solaranlage auf dem Schuhmobil, macht uns unabhängig von externen Stromquellen.

Im Internet kann unser jährlicher Routenverlauf mit termingenauen Angaben der Standorte abgerufen werden.

Sie sind herzlich eingeladen!

Karl steht auf, schaut mich an und meint lachend:
„Lieber Fred, jetzt haben wir dich schon beinahe zum Schuhexperten ausgebildet. Genug für heute, lasst uns zum gemütlichen Teil übergehen. Wir zeigen dir zunächst dein Zimmer; vor dem Abendessen wollen wir noch einen Spaziergang machen – wenn du damit einverstanden bist."
Ich nicke zustimmend: „Genau so habe ich es mir gewünscht."

In unmittelbarer Nachbarschaft zum eigentlichen Betriebsgebäude der Meidingers und architektonisch dazugehörig befinden sich drei Gebäude mit einer Grundfläche von je ca. 200 m². Wolfgang erklärt mir deren Verwendung. „Da ist zunächst der sogenannte Kiosk – hier werden Speisen und Getränke angeliefert und weiterverarbeitet. Das zweite Gebäude, die Halle, kann zu unterschiedlichen Anlässen bestuhlt bzw. ausgestattet werden. In erster Linie steht sie Mitarbeiterinnen und Mitarbeitern zur Verfügung."
Jetzt macht Wolfgang eine einladende Handbewegung und führt mich ins Gästehaus. „Hier werden wir nachher zu Abend essen und anschließend gemütlich beisammen sein. Auch mein

Vater bleibt über Nacht; er nutzt bei Anlässen wie heute eines der Zimmer regelmäßig und hat seine Utensilien in einem verschlossenen Schrank ständig parat." Er zeigt mir mein Zimmer und meint: „Wir treffen uns in einer halben Stunde vor diesem Gästehaus."

Wer kommt denn da auf mich zugestürmt? Ich bleibe stehen, um ihn zu streicheln – er gerät fast aus dem Häuschen vor lauter Freude, mich als neuen Freund begrüßen zu können. „Das ist unser Rolf. Ich wusste, du würdest keine Angst vor Hunden haben, auch wenn es ein Riesenschnauzer ist", meint Karl, dem die Überraschung gelungen war, denn ich habe geglaubt, wir würden zu dritt spazieren gehen. Nun ist Rolf dabei und steht gleich im Mittelpunkt. Wolfgang schaltet sich ein: „Hundehalter behaupten, Hunde empfänden im Allgemeinen auch eine Freundschaft zu Pferden – und es soll Hunde geben, die Pferde genauso gerne begleiten wie uns Menschen. Dazu zählt besonders der Schnauzer. Meine Frau, eine begeisterte Hobbyreiterin mit eigenem Pferd im hiesigen Reitverein, hat sich deshalb für Rolf entschieden, und er ist bei fast jedem ihrer Ausritte dabei. Er läuft voran, um den Weg zu inspizieren, und bellt, wenn er etwas Verdächtiges bemerkt. Ansonsten ist er tagsüber immer draußen im Firmengelände und begleitet Otto, unseren Gärtner." Elvira und ich können leider noch keinen Hund halten, weil wir häufig unterwegs sind. Wir haben uns aber fest vorgenommen, einen solchen Kameraden aufzunehmen, wenn wir im Ruhestand sind.

Unsere Vierergruppe verlässt das Firmengelände durch den Haupteingang. Wir folgen unserem vierbeinigen Freund über ein großes Feld in den etwa einen halben Kilometer entfernten Wald. Während sich Rolf im offenen Gelände umsichtig verhielt, springt er im geschlossenen Wald sorglos umher. Wir gehen auf dem Weg weiter und erreichen eine Lichtung mit einem Hochstand, zu dem eine Holzleiter hinaufführt. Rolf nähert sich vorsichtig. Er beschnuppert den Aufstieg und die nahe Umgebung. Dann geht er unbekümmert weiter. Ich schaue Wolfgang fragend an. Er erklärt: „Rolf überprüft immer, wenn wir hier vorbeigehen, ob der Hochstand besetzt ist, weil er dann an die Leine genommen wird. Wir kennen den Jagdpächter und auch den Förster; diese wissen, dass Rolf nicht jagt und deshalb in unserer Nähe auch ohne Leine laufen darf. Vom Hochstand ist unser Hund nicht ohne Weiteres zu identifizieren, und bevor auf ihn geschossen wird, leinen wir ihn lieber an."

Nach einer knappen Stunde sind wir im Gästehaus zurück. Der gemütliche Abend beginnt mit Pfälzer Saumagen nach Altbundeskanzler-H.-Kohl-Art und einem Riesling aus Deidesheim.

Günter

Als Karl und ich am nächsten Morgen in den Konferenzraum kommen, werden wir von Wolfgang und Günter erwartet und freundlich begrüßt. Kurze Zeit später erzählt Günter, der heute im Mittelpunkt steht: „Den Anfang meiner ganz persönlichen Geschichte datiere ich auf das Jahr 1974, dem Jahr, als ich meinen Realschulabschluss machte. Zuvor hatte unser Klassenlehrer eine Fahrt ins Ruhrgebiet speziell nach Essen geplant. Zur Vorbereitung sollten wir eine Arbeit unter Zuhilfenahme von Informationsmaterial über diese Region und die Stadt anfertigen, die bei unserer Deutschnote Berücksichtigung finden sollte. Ich erinnere daran, dass es das Internet damals noch nicht gab und dass wir analog recherchieren sollten und mussten. Wolfgang hatte mir empfohlen, eine Beschreibung des Ruhrgebiets von Heinrich Böll an den Anfang meines Aufsatzes zu setzen. Dies hat meinem Lehrer imponiert, und ich konnte mit der angefertigten Arbeit meine Deutschnote verbessern. Ein guter Anfang, aber es sollte noch viel besser kommen.

Beginnen wir mit meinem Aufsatz, den ich gerne vorlesen möchte:
Ein Wunder ist, schreibt Heinrich Böll über das Ruhrgebiet, dass in diesem riesigen Dorf mit seinen 6 Millionen Einwohnern auch nach 100 Jahren Industrie der Mensch noch nicht verkümmert ist. Nirgendwo sonst in Deutschland sind die Menschen so nüchtern, herzlich, einfach und schlagfertig. Es scheint so, als ob die Touristen-Industrie die Menschen eher verdürbe als Hütte und Grube. Von hier, aus dieser Provinz, stammen die meisten Artisten: Trapez und Piste, Pferdegeruch, rotes Licht, Trommelwirbel beim Balanceakt, wenn das flitterbespannte Mädchen in 15 m Höhe übers Seil tänzelt. Viele Artisten haben den Gelsenkirchener Klang in ihrer Stimme. Ein verstädtertes Westfälisch, mit zahlreichen Einschlägen eingefärbt, mit Rotwelsch, Jiddisch, Polnisch und Ostpreußisch. Noch sieht man Frauen

mit masurischen Kopftüchern in Schalke und Herne, mit Korb und Kind am Arm, wie Bäuerinnen, die vom Markt kommen, in den Straßen. Sie sind nüchtern, handfest, wissen im gegebenen Augenblick sogar einen Schlag richtig zu parieren, für den Fall, dass einer mal zudringlich, allzu dreist werden sollte; eine neue Rasse hat sich hier gebildet, die in Tonfall und Umgangsform Gemeinsames hat und alle Vorzüge und Nachteile der Jugend: Frische mit unbekümmerter, fast kolonialer Barbarei gemischt. Diese Provinz, die Ruhrgebiet heißt, erschließt sich dem Fremden nicht gleich. Sie ist der Besichtigung abhold, misstrauisch dem Müßiggänger gegenüber, hat touristische Einrichtungen nur für solche, die hinaus-, nicht für die, die hereinwollen.

Im Herzen des von Heinrich Böll beschriebenen Ruhrgebietes liegt Essen, eine der 10 größten Städte Deutschlands. Im Jahr 845 n. Chr. wurde an der Ruhr das Frauenstift Essen gegründet. Aus diesem Ursprung hat sich die gleichnamige Stadt, bekannt als bedeutender Industriestandort und als ein kulturelles Zentrum, entwickelt.

Betrachtet man den Essener Stadtplan, so findet man im Westviertel den Namen Krupp im Zusammenhang mit dem Wohngebiet Krupp-Gürtel, dem Krupp-Park, der Bertha-Krupp-Realschule, der Alfred-Krupp-Schule. Dies alles tritt jedoch in den Hintergrund, wenn man die Familienresidenz der Krupps, die Villa Hügel, besucht. Sie wird als Symbol des Zeitalters der Industrialisierung Deutschlands bezeichnet. In 269 Räumen und mehr als 8.000 m² Wohn- und Nutzfläche, umgeben von einem 28 ha großen Park, war sie für vier Generationen der Ort des Familienlebens der Krupps, aber auch ein würdiger Rahmen für Repräsentation, Empfänge und Festlichkeiten.

Ganz der Sohn seines Vaters, Friedrich Krupp (1787–1826) hatte bereits als 14-Jähriger Verantwortung übernommen, und er, Alfred Krupp (1812–1887), ließ nach seinen eigenen Skizzen und Entwürfen nach primär funktionalen Kriterien die Villa Hügel erbauen. Im Januar 1873 zieht Alfred Krupp mit seiner Frau Bertha und Sohn und Erbe Friedrich Alfred (1854–1902) in die neue Residenz. Nach dem Tod des Vaters wird die Villa Hügel ab 1888 von Sohn Friedrich Alfred und seiner Frau Margarete deutlich prächtiger und komfortabler ausgebaut. Nun gehören eine Reitanlage und Ställe ebenso wie Tennisplätze, ein Gesellschaftshaus mit Kegelbahn, aber auch eine Bibliothek zum Anwesen. Mit nur 16 Jahren wird Tochter Bertha beim frühen Tod ihres Vaters im Jahre 1902 Erbin des Weltunternehmens und heiratet 20-jährig den Diplomaten Gustav von Bohlen-Halbach. Der gute Geschäftsverlauf erlaubt einen weiteren umfassenden Umbau der Villa Hügel, wobei jetzt die besten Fachleute hinzugezogen werden, sodass die Residenz ihre endgültige Gestalt annimmt.

1943, mitten im Zweiten Weltkrieg, übernahm der letzte Hausherr, Alfred Krupp von Bohlen-Halbach (1907–1967) das Unternehmen als Alleininhaber. Er sollte das letzte Familienmitglied sein, das die Villa bewohnt. Im April 1945 wurde der Hausherr von den Amerikanern verhaftet und sein gesamtes Vermögen beschlagnahmt. Alfred Krupp von Bohlen-Halbach wurde darüber hinaus im Krupp-Prozess zu 12 Jahren Haft verurteilt. Schon im Juli 1952 kam er wieder auf freien Fuß und konnte weitestgehend über sein Eigentum verfügen. Die Villa Hügel stellte er der Allgemeinheit mittels einer Stiftung zur Verfügung; er und seine Familie zogen nie mehr dort ein. Der letzte Stammhalter, Arndt von Bohlen-Halbach (1938–1986), erhielt eine Abfindung.

Niemand hatte es für möglich gehalten, dass innerhalb von nur zwei Jahrzehnten zwei Brüder aus Essen, Karl und Theo Albrecht, die als kleine Essener Krämer begannen, sich an die Spitze des deutschen Einzelhandels emporarbeiten würden. Dabei bestand das elterliche Einzelhandelsgeschäft der Albrechts 1946 erst aus einem 100 m² großen Lebensmittelladen im Essener Arbeiterstadtteil Schonnebeck, nicht weit entfernt von der Zeche Zollverein, sowie einer kleinen 35-m²-Filiale. Diese Urzelle aller Discounter in Deutschland sollten wir ebenso in unsere Besichtigungstour aufnehmen wie die Zeche Zollverein und den Essener Dom mit dem berühmten Domschatz. Zum Domschatz gehören unter anderem wertvolle Reliquien, vier ottonische Vortragekreuze, eine kleine Krone, die als älteste Lilienkrone der Welt gilt, und ein Prunkschwert mit Scheide, das Otto dem Großen zugeschrieben wird. Im Dom selbst gilt die goldene Madonna als älteste vollplastische Marienfigur der Welt.

Empfohlen wird der Denkmalpfad der Stadt Essen. Insgesamt, besonders im 19. Jahrhundert, nahm Essen eine rasante Entwicklung vom kleinen Landstädtchen zu einer Großstadt. Bei einer Reise durch über 1.000 Jahre faszinierender Architektur und Stadtgeschichte werden auf dem Essener Denkmalpfad viele verschwundene, aber auch noch bestehende Gebäude der Essener Innenstadt anschaulich vorgestellt. So können wir bei unserer Klassenfahrt die Stadtgeschichte nacherleben."

„Ihr Lehrer hatte recht, wenn er diese für einen Realschüler beachtliche Arbeit sehr gut bewertet hat", meine ich lobend.

„Ich muss zugeben", antwortet Günter, „dass mein älterer Bruder Wolfgang mit seinem Wissen und Informationsmaterial mitgeholfen hat, aber dies war ja ausdrücklich erlaubt, wenn wir unsere Quellen genannt haben.

Da auch meine Klassenkameradinnen und Klassenkameraden vor der Reise Informationsmaterial gesammelt hatten, konnten wir unsere Busreise gut vorbereitet starten."

„Junge Leute wie ihr, die sich auf die Reise freuten, haben sicherlich nicht nur an die Sehenswürdigkeiten in Essen gedacht?", frage ich in der Hoffnung, dass er die Situation von damals noch gut in Erinnerung hat.

„Unser Klassenlehrer Herr Becker, der Deutsch und Sport unterrichtet hat, überraschte uns mit der Nachricht, dass wir mit einer gemischten Essener Realschulklasse zusammentreffen würden. Diese wollte für den ersten Abend eine Begrüßungsparty organisieren, und für den zweiten Abend war ein Fußballspiel, wir Pfälzer gegen die Ruhrgebietler, eingeplant. Die Mädchen unserer Klasse kannten Musiker wie Fritz Brause, Geier Sturzflug oder Herne 3, die in den 70er Jahren im Ruhrgebiet angesagt waren und die die Neue Deutsche Welle maßgeblich prägten. Für uns Jungs stand der Fußball im Fokus.

Zwar war ich noch gar nicht geboren, als die deutsche Fußballnationalmannschaft 1954 in der Schweiz zum ersten Mal Weltmeister wurde; für die Generation meines Vaters war das ‚Wunder von Bern', das den Deutschen ein neues Selbstwertgefühl gab, allgegenwärtig. Besonders stolz sind wir noch heute, weil zur damaligen Elf von Bundestrainer Sepp Herberger fünf Spieler des 1. FC Kaiserslautern gehörten. Jeden Einzelnen aus der heimatlichen Region kennen die Pfälzer, auch wir Meidingers, mit Namen: Werner Kohlmeyer – Horst Eckel – Werner Liebrich – Ottmar Walter und den herausragenden Fritz Walter; Letzerer ist bis heute die Symbolfigur des 1. FCK, und der Verein gilt als das Wahrzeichen von Kaiserslautern.

Zufall oder Fügung – wenn Vater Meidinger seine Einzelhändler in Kaiserslautern besuchte, kehrte er oft in der Gaststätte von Familie Walter ein. In der ersten Hälfte der 1950er Jahre wurde der 1. FCK zweimal deutscher Meister: 1951 und 1953. Von den späteren Meisterschaften 1991 und 1998 wussten wir damals noch nichts. In Bern gab es neben Fritz Walter und Fußballgott Toni Turek, wie der deutsche Torwart vom Radiomann Herbert Zimmermann genannt wurde, den Siegtorschützen Helmut Rahn, ein Nationalspieler von Rot-Weiß Essen. Die Freundschaft zwischen Fritz Walter und Helmut Rahn verbindet Kaiserslautern und Essen auf immer. Während Fritz Walter als perfekter Mannschaftsspieler bewundert wurde, galt Helmut Rahn als Individualist. Der einzige Spieler, dem der Bundestrainer auf dem Platz seine Freiheit gibt, den er nie in ein taktisches Korsett zwängte. Die beiden gegensätzlichen Spieler waren befreundet und ergänzten sich nicht nur auf dem Spielfeld. Der eher pessimistische Fritz Walter und die Frohnatur Helmut Rahn, der immer zu Späßen aufgelegt war, teilten sich bei Lehrgängen und bei allen Länderspielen das Zimmer. Der ‚Psychologe' Bundestrainer Herberger bestimmte die Spieler, die zusammen ein Zimmer bezogen. Helmut Rahn galt zu seiner aktiven Zeit als einer der besten Flügelstürmer und Torjäger Europas. Mit seinem Heimatverein Rot-Weiß Essen gewann er 1953 den DFB-Pokal und wurde 1955 Deutscher Meister."

Ganz offensichtlich ist Günter nicht nur fußballbegeistert, sondern auch bestens informiert. Ich frage ihn, ob sich damals alles für ihn um den 1. FC Kaiserslautern gedreht hat.

„Natürlich war auch ich als Pfälzer Bub ein Fan des FCK; aber meine Zeit war später, und ich war von der Mannschaft der 70er Jahre ‚Borussia Mönchengladbach' fasziniert.

Zur Zeit jener denkwürdigen Klassenfahrt waren Jupp Heynckes von Mönchengladbach und Willy Lippens von Rot-Weiß Essen die besten Außenstürmer der Republik. Es gab damals im Vergleich dieser beiden zusätzlichen Gesprächsstoff.

Mein Fohlenelf-Erweckungserlebnis hatte ich am 25. Februar 1970 zusammen mit meinem verstorbenen ältesten Bruder Christian. Es war nicht die übertriebene Behauptung von Fußballfans, wonach die Fohlenmannschaft von Borussia Mönchengladbach an diesem 25.02.70 einen der wichtigsten Beiträge zur Aussöhnung mit Israel leistete, sondern diese Einschätzung teilten deutsche Spitzenpolitiker ausdrücklich mit unserem Botschafter in Israel. Ein Schüler von Hennes Weisweiler, dem Gladbacher Trainer, und Dozent an der Sporthochschule in Köln, war Emanuel Schaffer. Dieser wurde nach der Ausbildung Trainer der israelischen Nationalmannschaft. Er benötigte einen Sparringspartner für sein Team und wandte sich an seinen früheren Lehrer, der prompt einwilligte. Am 22.08.1969 bezwang Borussia im Hinspiel auf dem Bökelberg Israels Team mit 3:0. Das Rückspiel wurde vom israelischen Verband auf den 25. Februar 1970 in Tel Aviv angesetzt. Der Sechs-Tage-Krieg lag nicht einmal drei Jahre zurück. Die palästinensische Befreiungsfront PLO kämpfte mit Guerilla-Aktionen weiter – Terrorakte und Anschläge auf israelische Flugzeuge gehörten dazu.

Verängstigte Familienmitglieder der Spieler baten die Vereinsführung, die Reise abzusagen, doch das Auswärtige Amt unterstrich die politische Bedeutung der Visite. Es wurde extra eine Bundeswehrmaschine für diesen Flug nach Israel bereitgestellt – eigentlich ein No-Go nach dem Zweiten Weltkrieg; allerdings durften die Piloten keine Bundeswehruniformen tragen und sollten das israelische Territorium schnellstmöglich verlassen. Die Anspannung war groß, denn es war der erste Besuch einer deutschen Spitzenmannschaft in Israel. Entgegen aller Befürchtungen wurde es ein emotionaler Erfolg! Die entfesselnd aufspielenden Fohlen gewannen nicht nur das Spiel mit 6:0, sondern eroberten die Herzen der Zuschauer. Sie wurden begeistert bejubelt und am Spielende wie Freunde gefeiert. Borussias Profis waren Sportbotschafter im besten Sinne, die laut einhelliger Meinung in beiden Ländern mehr zur Aussöhnung beigetragen hatten als alle Diplomaten zuvor."

Als Journalist, der auch weltweit über Sportereignisse berichtet hat, schalte ich mich ein: „Sportereignisse wie diese rufen starke Emotionen hervor, nicht nur bei den aktiven Sportlern und anwesenden Fans, sondern auch in der kollektiven Wahrnehmung. Literaturnobelpreisträger Elias Canetti schreibt:
‚Wenn die Menschen zur Masse werden und keiner mehr, keiner besser als der andere ist und das Gefühl des Einzelnen mit der jubelnden Menge verschmilzt, erleben viele eine euphorische Stimmung beim Stadionbesuch." Canetti weiter: „Es scheint nicht nur, dass alle gleich werden, vielmehr ermöglicht das Aufgehen in der Gruppe zugleich aus sich herauszutreten und die Grenzen des kontrollierten Selbst zu überschreiten.

Hier das Warten auf den Torschrei, dort das Warten auf den Moment, wenn endlich die Popmusik erklingt, zu der man kollektiv tanzen wird, und dann das absolute Glück, die Ekstase, wenn man es endlich für sich und doch mit vielen anderen gemeinsam tut. Fußball und Popmusik – gleiche Gefühle – verschiedene Schauplätze.'"

Karl schaltet sich nachdenklich ein: „Ihr habt jetzt von Sportevents gesprochen, die dem Image der jungen Bundesrepublik äußerst förderlich waren. Als ich im August 1972 meinen ältesten Sohn Christian als Belohnung für seine guten schulischen Leistungen zu den olympischen Spielen nach München eingeladen habe, hofften wir auf heitere Spiele. Eine glanzvolle Eröffnungsfeier, bei der 122 Nationen begrüßt wurden, versprach olympische Unbeschwertheit. Christian, der sich dem Sport bereits verschreiben wollte und in der Leichtathletik aktiv war, erlebte, wie die Hochspringerin Ulrike Meyfarth überraschend Gold holte. Der Superstar der Spiele jedoch wurde Schwimmer Mark Spitz, der in sieben Wettkämpfen triumphierte.

Am Morgen des 3. Septembers überfielen acht palästinensische Terroristen, die sich als Angehörige der Gruppe „Schwarzer September" bezeichneten, die israelische Mannschaft im olympischen Dorf. Damit war die Unbeschwertheit abrupt beendet. Im Quartier wurden zwei Sportler sofort getötet und neun Israelis als Geiseln genommen. Die Terroristen wollten die Freilassung von in Israel einsitzenden Gesinnungsgenossen erpressen. Mit Hubschraubern wurden die Terroristen und Geiseln zum Flughafen Fürstenfeldbruck gebracht. Dort endete ein Befreiungsversuch der Polizei in einem Blutbad. Alle Israeli starben durch die Hand der Palästinenser, drei Attentäter überlebten.

The Games must go on.

Nach eingehenden Beratungen beschließt das IOC, sich nicht einer Handvoll Terroristen zu beugen. IOC-Präsident Avery Brundage verkündet nach der Trauerfeier die Fortsetzung der Spiele.

Ich wollte nicht von Günters Essener Berichterstattung ablenken; die Erinnerung an meine Reise zusammen mit Christian nach München im Jahre 1972 ist jedoch für mich ein ganz wichtiges Ereignis.
Jetzt aber erzähl du, Günter, von deiner schicksalhaften Begegnung in Essen."

Günter dankt seinem Vater für die Erinnerung an seinen unvergessenen, aber leider verstorbenen ältesten Bruder, kommt dann aber mit einer unüberhörbaren Begeisterung in der Stimme auf die Schulabschlussfahrt nach Essen zu sprechen: „Wie angekündigt, hatte die Essener Realschulklasse für den ersten Abend eine Begrüßungsparty organisiert. Wir Jungens suchten, wie erwartet, gleich das Gesprächsthema Fußball, während die Mädchen sich über die angesagten Popidole austauschten. Dabei vergaßen die Essener Girls nicht, uns über die Weisheit des lieben Gottes zu informieren.
Ihre entsprechende Ansage:
Am Sonntag schuf der liebe Gott die Mädchen aus dem Kohlenpott; und selbst der alte Petrus hat gesagt: Chef, das hast du gut gemacht.

Auch ohne diese Erkenntnis fiel mir eine richtig hübsche Brünette gleich in den ersten Momenten auf. Ich suchte ihre Nähe, stellte mich vor und erfuhr ihren Namen: Heike. Offensichtlich hat es bei uns beiden gleich gefunkt, denn seit diesem Abend sind wir ‚unzertrennlich' und seit 1980 verheiratet.

Um unsere Beziehung aufrechtzuerhalten, beschloss ich, meine Berufsausbildung in Essen zu machen, und bewarb mich erfolgreich um einen Ausbildungsplatz bei dem Lebensmittelhändler Albrecht.

Im September 1974 war es so weit.
In einer Essener ALDI-Filiale startete ich ins Berufsleben, genauer gesagt, der Filialleiter Herr Kramer begrüßte mich als

neuen Auszubildenden, der eine zweistufige Ausbildung, zunächst zum Verkäufer, dann zum Einzelhandelskaufmann absolvieren würde. Herr Kramer schickte mich gleich nach der Begrüßung und der Mitarbeitervorstellung auf ganz unerwartete Pfade – er wusste mit Menschen umzugehen, sie zu motivieren und richtig einzusetzen. Hinter den Warenregalen befanden sich schmale, durch Sperrholz abgetrennte Gänge, die mit kleinen, verspiegelten Beobachtungsfenstern versehen waren. Von hier konnten Mitarbeiter wie ich als kleine Detektive Kunden beobachten, um Diebstahlversuchen zu begegnen. Natürlich war es mir zu Beginn der Ausbildung nicht erlaubt, jemanden anzusprechen – aber ich konnte Meldung machen. Ganz nebenbei oder wie vom Ausbilder gewollt, haben Auszubildende auf diese Weise die Ware und deren Zuordnung in den Verkaufsregalen kennengelernt. Ich erfuhr, dass bei der Warenplatzierung keine verkaufspsychologischen Überlegungen eine Rolle spielten; so diente die schlichte Gestaltung nicht dem Zweck, den Eindruck von Kostenbewusstsein zu erwecken, weil bei ALDI ohnehin die Kosten im Fokus stehen. Nicht durch Suggestion sollte der Kunde glauben, dass ALDI billig sei – er sollte es aus Erfahrung wissen. Herr Kramer erklärte: „Nur durch eigene Preisvergleiche gelangt der Endverbraucher zu der sicheren Überzeugung: ALDI ist billig, und die Qualität ist gut."

Ich erfuhr gleich in den ersten Tagen: Es gibt für die Einrichtung eines ALDI-Ladens kein anderes Kriterium als Zweckmäßigkeit. Deshalb werden haltbare und kostengünstige Materialien verwendet, Regalmaße, Gangbreiten, ja wenn möglich sogar die Länge und Breite des Ladenlokals selbst werden ausschließlich von logistischen Überlegungen bestimmt. Dazu zählen die Palettenbreite, die Manövrierwege von Hubwagen, aber auch die üblichen Kartonmaße. Herr Kramer übergab mir ein Handbuch, in welchem er die wichtigsten Informationen für seine Mitarbeiter aufgeschrieben hatte. Ich konnte nachlesen, dass es im Einzelhandel üblich ist, hochpreisige Artikel oder solche mit höheren Margen in Augenhöhe zu platzieren. Schlecht kalkulierte Artikel wie Zucker wurden tief nach unten in den Regalen platziert, sodass es für den Kunden mühsam wird, den Artikel zu greifen oder überhaupt zu finden.

Bei ALDI dagegen erfolgt die Warenplatzierung in Regalen und auf Paletten in den Läden ausschließlich nach logistischen Überlegungen. Optik spielt dabei keine Rolle; von Bedeutung sind dagegen fein abgestimmte Bestelltechniken, bei denen insbesondere der Wochenbedarf, Artikeleigenarten oder die Lieferhäufigkeit eine Rolle spielen. Es werden für die entsprechenden Artikel vorgegebene Regalvolumen, ja sogar ein bestimmter Regalplatz, zur Verfügung gestellt. Beim Dispositionsvorgang selbst wird die einfachste aller denkbaren Techniken angewendet, die auch bei Toyota und anderen Japanern, definiert im sogenannten Kanban-System, Beachtung findet: Wo was weg ist, muss was hin.

Meine ersten Arbeitstage waren bespickt mit neuen Eindrücken und unerwarteten Erfahrungen.

Nach Feierabend konnte ich mich in mein kleines Appartement, gelegen in einer Wohnanlage für Studenten, Praktikanten und Auszubildende, zurückziehen. Heike, die eine Ausbildung zur Bürokauffrau in der Stadtverwaltung begonnen hatte, erwartete mich, zumal wir Einzelhändler später Feierabend hatten als die Büromenschen. Sie hatte auch mein Appartement ausgesucht, welches in der Nähe der Wohnung ihrer Eltern lag.

Nach wenigen Wochen waren mir Kolleginnen und Kollegen ebenso wie mein Arbeitsumfeld vertraut, und ich war wieder einmal als kleiner Detektiv im Einsatz. Dabei war mir ein Herr, etwa Anfang 50, in einem ordentlichen, aber schlichten Anzug aufgefallen, der alles zu mustern schien, aber keine Anstalten machte, Ware in einen Korb oder Wagen zu packen. Mir kam dieses Verhalten äußerst verdächtig vor, und ich eilte ins Filialleiterbüro, um Meldung zu machen. Herr Kramer und der mir unbekannte Herr betraten das Büro kurz vor mir, und es schoss mir durch den Kopf: ‚Da hat man den vermeintlichen Dieb also schon erwischt!'

Noch ehe ich etwas sagen konnte, stellte der Filialleiter Kramer mich vor: „Herr Albrecht, das ist unser neuer Auszubildende Günter Meidinger." So lernte ich meinen obersten Boss, Herrn Theo Albrecht, unverhofft persönlich kennen und war froh, keine dumme Bemerkung gemacht zu haben.

Wenn sich Theo Albrecht, der gerne Architekt geworden wäre, mit der richtigen Gestaltung seiner Läden beschäftigte und fast immer eine gute Lösung fand, lieferte er selbst ein Beispiel dafür, was die Unternehmenskultur bei ALDI prägt: Detailarbeit, die Effizienz und Produktivität immer weiter verbessert. Der Firmengründer selbst war Vorbild und forderte seine Mitarbeiter indirekt auf, noch mehr nachzudenken, um immer Lösungen zu finden.

Als ich am Abend mit Heike über meine besondere Begegnung mit Theo Albrecht sprach, meinte sie:

„Selbst hier in Essen erfährt man selten etwas über Familie Albrecht. Was immer die schweigsamen Lebensmittelhändler in den letzten Jahren auch unternahmen, es wurde – wenn überhaupt – nur durch Zufall bekannt. Das änderte sich nur einmal, als Theo Albrecht Ende 1971, also vor knapp drei Jahren, entführt wurde. Dreimal hatten die Entführer, ein 47-jähriger Anwalt mit hohen Spielschulden und ein Tresorknacker, genannt Diamanten-Paule, ihrem Opfer auf dem Betriebsgrundstück vor der Hauptverwaltung in Herten/Westfalen aufgelauert. Beim ersten Mal fühlten sie sich beobachtet, beim zweiten Mal hatten sie ihre Waffen vergessen. Schließlich überrumpelten sie den ahnungslosen 49 Jahre alten Unternehmer am 29. November 1971, als dieser in seinen Wagen steigen und nach Hause fahren wollte. Er fuhr wie immer ohne Chauffeur. Zunächst verlangten die Gangster den Ausweis des unscheinbar wirkenden Herrn zu sehen. War dies wirklich Theo Albrecht? Als sie sicher waren, verschleppten die Banditen ihr Opfer mit vorgehaltener Pistole mitten in die Düsseldorfer Innenstadt, wo der Anwalt seine Kanzlei angemietet hatte. Theo Albrecht, ganz Händler, bot ein Lösegeld von zunächst 100.000 -, DM. Höhnisch lachend lehnten die Entführer dieses Angebot als viel zu niedrig ab und setzten die Summe auf 7 Mio. Mark fest, die bis dahin höchste Lösegeldforderung für ein einzelnes Entführungsopfer. Die Polizei bildete eine Sonderkommission, bestehend aus mehr als hundert Mitgliedern. Familie Albrecht war mit deren Vorgehensweise nicht in allen Punkten einverstanden. Nachdem auch Eduard Zimmermann in seiner Sendung ‚XY ... ungelöst' den Fall präsentierte, schaltete Bruder Karl Albrecht Ruhrbischof Franz Hengsbach als Vermittler ein. Am 16.12.1971 händigte der Kirchenmann auf einem dunklen Feldweg in Breitscheid bei Düsseldorf den Entführern das Lösegeld in zwei Koffern aus. Anschließend blieb der Unternehmer, wie mit den Kidnappern vereinbart, noch 24 Stunden in der Residenz des Bischofs. Am Abend des 17.12. kehrte er wohlbehalten zur Familie zurück; dabei nutzte er den Weg über das Nachbargrundstück, um den wartenden Journalisten und Fotoreportern nicht in die Hände zu fallen. Die Entführer konnten gefasst und verurteilt werden – das Lösegeld tauchte jedoch nur teilweise auf. Theo Albrecht wollte die verlorene Summe steuerlich als Betriebsausgaben absetzen, was jedoch nicht akzeptiert wurde."

Während der Schilderungen von Günter am Vormittag haben wir uns mit Mineralwasser, Kaffee und Gebäck versorgt, sodass wir vier einstimmig für einen kurzen Spaziergang statt eines Mittagessens plädieren. Der treue Vierbeiner Rolf hat sich in der Nähe aufgehalten und begleitet uns wie selbstverständlich. Ich spreche Günter während des Laufens an und frage, ob er sich nicht gegenüber seinen Brüdern, die das Abitur gemacht haben, benachteiligt fühlte. Er schüttelt lachend den Kopf und erklärt:

„Ich habe zur richtigen Zeit das Richtige getan – der Einzelhandel befand sich in einem gewaltigen Strukturwandel, ähnlich wie seinerzeit während der beginnenden Industrialisierung aus Manufakturen Industrieunternehmen wurden. Pioniere wie der Karlsruher Hugo Mann sprachen von der Industrialisierung des Einzelhandels; Unternehmer wie er oder Egbert Snoek mit seiner Revolution namens Ratio, aber auch der Gründer des ersten Supermarktes auf deutschem Boden, Herbert Eklöh, oder die Discountpioniere Gebrüder Albrecht hatten alle die Mittlere Reife und eine anschließende praktische Ausbildung im Einzelhandel – sie besuchten keine Universität, ihre Unternehmen waren Universitäten für eine neue Handelswelt."

Wolfgang hat den Ausführungen seines Bruders aufmerksam zugehört, und ich erinnere mich an eine ähnliche Argumentation mit meiner Lebensgefährtin Elvira. Sie, die Pop-Eventmanagerin, hat erst kürzlich auf den Ex-Beatle Paul McCartney hingewiesen, der seit Jahrzehnten Popgeschichte schreibt. Auch er ein Autodidakt; McCartney kann Noten weder lesen noch schreiben und greift Melodien buchstäblich aus der Luft. Kaum einer hat die Popkultur nachhaltiger geprägt als er.

Wolfgang interpretiert mein nachdenkliches Gesicht als kritische Einstellung gegenüber Günters euphorischer Sicht. Er, der Musterschüler, Einserabiturient und erfolgreicher Student, ist generell von der formalen Ausbildung, wie er sie durchlaufen hat, überzeugt, akzeptiert jedoch nach eigenen Angaben auch die sogenannten Regelbrecher, die neue Wege gehen. Günter ergänzt seine Ausführungen mit einer kurzen biografischen Beschreibung seines Lehrherrn Theo Albrecht und dessen Bruder Karl: „1913 hatten die Eltern Albrecht einen kleinen Lebensmittelladen eröffnet, in dem auch Sohn Theo, Jahrgang 1922, nach Abschluss der Mittelschule seine Lehrzeit verbrachte. Karl, sein zwei Jahre älterer Bruder, erlernte das kleine Einmaleins des Lebensmittelhandels im noblen Essener Feinkostladen Weiler.

Nach der Besetzung der entmilitarisierten Rheinland-Zone durch deutsche Truppen im Jahre 1936 rechneten auch die Albrecht-Brüder mit einem Einberufungsbescheid, da die allgemeine Wehrpflicht seit 1935 wieder eingeführt war. Zunächst glaubte die Bevölkerung den Friedensbeteuerungen des Führers, bis sich die bittere Wahrheit zeigte und alle wehrfähigen Männer, so auch Karl und Theo, in Hitlers Krieg ziehen mussten. Karl wurde während des Ostfeldzuges verwundet, Theo kämpfte in einer Nachschubeinheit unter Rommel in Afrika. Er wurde gegen Ende des Krieges von den Amerikanern in Italien gefangen genommen. Was er mitgenommen hat, sind die Erfahrungen als Logistiker, die ihm später im Unternehmen ALDI nutzten."

Mittlerweile haben wir unseren Kurzspaziergang beendet und unsere Plätze im Besprechungsraum der Firma Meidinger wieder eingenommen. Ich nehme eine Klarsichthülle aus meinem Aktenkoffer und wende mich an Günter: „Wir Journalisten können nur auf wenige persönliche Aussagen der schweigsamen Lebensmittelhändler Albrecht zurückgreifen. Die folgende Äußerung ist die einzige bekannte öffentliche Beschreibung des ALDI-Systems aus dem Mund der Albrecht-Brüder. Dieser Fachvortrag wurde am 04.09.1975 wörtlich in der Lebensmittelzeitung wiedergegeben. Ich habe ihn für euch kopiert und lese ihn vor, wenn ihr dies wünscht."

Die drei Herren Meidinger geben sichtlich interessiert ihr Einverständnis, sodass ich Theo Albrecht wie folgt zitiere:

„Wenn ich heute einen Rückblick auf unseren Betrieb mache, so stelle ich fest, dass wir am Anfang unserer Entwicklung im Jahre 1948 und im Jahre 1949 zwangsläufig nur ein kleines Warensortiment führten. Wir hatten vor, weitere Filialen aufzumachen und mussten uns aus geldlichen Mitteln heraus sehr sparsam verhalten. Wir glaubten, späterhin unser Verkaufsprogramm zu erweitern. Wir wollten unsere Filialen dann wie ein normales Einzelhandelsgeschäft mit einem breiten Lebensmittelsortiment eindecken.

Das taten wir dann allerdings nicht, denn wir erkannten, dass wir auch mit unserem kleinen Warensortiment ein gutes Geschäft machen konnten und dass unsere Kosten, verglichen mit anderen Betrieben, sehr niedrig blieben, was zum größten Teil auf unser kleines Warensortiment zurückzuführen war.

Inzwischen haben wir diese Erkenntnis zum Grundsatz unseres Betriebes gemacht. Heute arbeiten wir mit einem Kostensatz von 11 %. Seit 1950 verfolgen wir neben dem Grundsatz des kleinen Warenangebotes den des niedrigen Preises. Auch dazu waren wir wiederum gezwungen. Wollten wir dem Kunden keine Auswahl bieten, so mussten wir ihm zumindest einen anderen Vorteil einräumen – den des kleinen Preises. Ich bin überzeugt, dass diese beiden Grundsätze, der des kleinen Warenangebotes und der des kleinen Preises, nicht voneinander zu trennen sind. Heute haben wir die denkbar besten Erfahrungen damit gemacht.

Um Ihnen ein Beispiel unserer Umsätze zu geben, möchte ich sagen, dass wir in unseren besten Verkaufsstellen mit einer Thekenlänge von 5,5 Metern im vergangenen Monat einen Umsatz von DM 44 Tsd. gemacht haben. An diesem Beispiel können Sie erkennen, dass es nicht um ein normales Bedienen geht, sondern um Massenabfertigung. Um diese Leistungen technisch zu erzielen, sind unsere Regale und Theken einfach konstruiert. Das gesamte Warensortiment ist auf den Theken und in den Regalen für den Kunden sichtbar angeordnet. Dekorationen im Laden werden nicht aufgeführt. Zu unserem Warensortiment möchte ich weiter ausführen, dass es nur ca. 200 bis 250 Artikel umfasst. Wir halten es bewusst klein und unter ständiger Kontrolle; wir sind aber bemüht, keine Parallelartikel nebeneinander zu führen. Bei der Auswahl bei der zum Verkauf bestimmten Artikeln sind wir so weit gegangen, dass wir eine Reihe von Waren überhaupt nicht verkaufen. Der Grund dafür ist diese Ausschließung:
1. Umsatzgeschwindigkeit
2. Verkaufsgeschwindigkeit

So führen wir zum Beispiel wegen der Verkaufsgeschwindigkeit keine losen Konfitüren, kein Obst und Gemüse, keine Salzheringe und wegen der Umsatzgeschwindigkeit keine Obst- und Gemüsekonserven; ebenso keine Feinkostartikel wie Mayonnaise, Rollmops, Heringssalat usw. Das Verkaufsprogramm umfasst lediglich schnell umschlagsfähige Konsumartikel. Bei Hülsenfrüchten haben wir jeweils nur eine Sorte im Angebot, von Schuhputz führen wir nur ERDAL, von Zahnpasta nur BLENDAX usw.

Auch der Verkaufsmoment beim Anbieten eines Artikels, von dem wir nur eine Sorte anbieten können, ist für unsere Verkäuferinnen wesentlich einfacher und viel kürzer; auch der Kunde kann viel schneller einen Entschluss fassen: entweder zu kaufen oder nicht zu kaufen.

Man ist also leicht geneigt, einen Preis, auch wenn er im Einkauf gefallen ist, weiter laufen zu lassen. Das würde sich allerdings unangenehm rächen, denn das, was man erreichen muss, ist, dass der Kunde den Glauben gewinnt, nirgendwo billiger einkaufen zu können. Ich glaube, das haben wir mittlerweile erreicht; deshalb nimmt der Kunde auch vieles in Kauf. Er richtet sich sogar nach den besten Einkaufszeiten.

Abschließend möchte ich sagen, dass unser Betrieb fast ausschließlich regiert wird von niedrigen Verkaufspreisen. Alle anderen Maßnahmen zur Belebung des Geschäfts werden nicht angewandt und stehen schon lange nicht mehr zur Debatte. Wenn uns bei der Kalkulation etwas beschäftigt, dann nur, wie billig wir eine Ware verkaufen können, und nicht, welchen höchsten Verkaufspreis wir erzielen können.

Die Lebensmittelzeitung weist darauf hin, dass diese grundlegenden Feststellungen von Theo Albrecht aus dem Jahre 1953 – damals war das Konzept der Selbstbedienung noch nicht eingeführt – im Prinzip bis heute gültig sind."

Auch der Senior Meidinger, mein Freund Karl, hat aufmerksam zugehört und greift mit seiner Frage den letzten Punkt auf: „Seit wann haben die Albrechts das Selbstbedienungskonzept eingeführt?" Hier hat sein Sohn Günter die Antwort gleich parat:

„Mit ihren ersten Discountläden starteten die Brüder Albrecht vor der Haustür. Der Premiere in Dortmund im Frühjahr 1962 folgten in schneller Reihenfolge Eröffnungen in Herten, Wuppertal, Bochum, Mönchengladbach, Rheydt und Düsseldorf. Ein Jahr zuvor, im Jahre 1961, haben die Albrechtbrüder ihr gemeinsam aufgebautes Filialreich aufgeteilt. Theo Albrecht steht an der Spitze der damals neu gegründeten Albrecht KG in Herten und regiert den nördlichen Teil des Discount-Imperiums, Karl in seiner in Mühlheim eingetragenen Firma mit gleichem Namen den südlichen Teil. Gleichzeitig wurde aber eine umfangreiche Kooperation geschlossen. Monatlich werden in einem Betriebsvergleich die Zahlen verglichen. Ein beträchtlicher Teil des Sortimentes wird gemeinsam eingekauft. Im Jahre 1966 wurde die Firma Heitmann KG (benannt nach einem leitenden Angestellten) zu gleichen Teilen für ALDI Süd und ALDI Nord gegründet, um die Eigenmarkenpolitik voranzutreiben und die Eigenmarkenrechte der beiden Discounter zu verwalten."

Wolfgang zollt seinem Bruder einmal mehr Anerkennung: „Du hast die ALDI-Story stets parat." Günter nickt: „Im Wesentlichen stimmt das, allerdings habe ich für Tage wie heute einen Spickzettel mit Namen und Jahreszahlen dabei.

Keine Notizen brauche ich für die Erinnerung an die letzten Tage im Februar 1976. In der Berufsschule hatten wir bereits die Arbeiten geschrieben, welche die Prüfungskommission bei der Notengebung unserer Verkäufer-Abschlussprüfung berücksichtigen würde. Mein Filialleiter Herr Kramer war Mitglied der Prüfungskommission. Er legte Wert auf eine ausbildungsbezogene Prüfung aller Auszubildenden, die im System Einzelhandel gelernt hatten. Hier war nicht das persönliche Verkaufsgespräch entscheidend, sondern die durchdachte Warenpräsentation als Voraussetzung des Selbstbedienungskonzepts. Eine Ausnahme bildete der Umgang mit Reklamationen. Mit der Abwicklung des konkreten Einzelfalls und dies mit Einfühlungsvermögen hatten die Verkäufer und Verkäuferinnen den Kunden zufriedenzustellen. ALDI war bewusst, dass die Umsetzung immer problematisch ist und nur durch eine eindeutige feste Regelung Konflikte vermieden werden können. Daher waren wir angewiesen, grundsätzlich alles zurückzunehmen, was dem Kunden nicht gefällt oder was nicht einwandfrei war. Der Kunde konnte wählen zwischen einem Ersatz oder der Rückerstattung des Einkaufspreises. Die Befürchtung, dass der Endverbraucher diese großzügige Regelung ausnützen könnte und Mitarbeiter daher einen Ermessungsspielraum benötigten, bestätigte sich nicht. Die Fälle, in denen Kunden eine solche Großzügigkeit ausnutzten, waren selten.

Nach bestandener Verkäufer-Abschlussprüfung konnte ich die Ausbildung zum Einzelhandelskaufmann fortsetzen. Die Vorstellung, in die Hauptverwaltung nach Herten versetzt zu werden und trotzdem in der Nähe von Heike bleiben zu können, motivierte mich zusätzlich; mittlerweile waren unsere Eltern davon überzeugt, dass unsere Beziehung dauerhaft sein würde. Mein Vater sprach als Erster eine Einladung zu uns nach Hause in die Südpfalz aus. Heike und ihre Eltern nahmen gerne an, nachdem Ende Februar 1976 die Olympischen Winterspiele in Innsbruck beendet waren. Die Lieblingsakteurin der wintersportbegeisterten Familie, Rosi Mittermaier, hatte Gold sowohl in der Abfahrt als auch im Slalom gewonnen und zusätzlich die Silbermedaille im Riesenslalom. Die Stimmung war also von vornherein bestens. Nach einem äußerst positiv verlaufenen Wochenende wurde ich endgültig wie ein Sohn in Heikes Familie aufgenommen, zumal sie ein Einzelkind ist. In meinem kleinen Appartement gab es damals noch kein Fernsehgerät, sodass ich jede Gelegenheit nutzte, um mit Heikes Vater die Sportschau, speziell die Berichterstattung über die 1. Bundesliga, zu sehen. Der Verein meines Herzens, Borussia Mönchengladbach, war 1975 Meister geworden und holte am 21. Mai des Jahres den UEFA-Cup. Darüber hinaus konnte die Fohlenelf den Meistertitel auch 1976 verteidigen und den Hamburger SV auf Platz 2 verweisen. Der große Rivale der 1970er Jahre, Bayern München, wurde Dritter.

Heikes Favoriten in jener Zeit kamen aus Schweden. Ihre Weltkarriere hat beim Grand Prix d'Eurovision 1974 in Brighton mit Waterloo begonnen. ABBA ist die Abkürzung für Agnetha, Björn, Benny und Anni-Frid. Zwei junge schwedische Ehepaare eroberten die Welt mit Ohrwürmern und Sommerhits wie ‚Dancing Queen' und ‚Mamma Mia'. In nur fünf Jahren haben sie ein riesiges Finanzimperium aufgebaut, das größte in Schweden nach dem Autobauer VOLVO. Sie haben den Sportpalast in Stockholm umgebaut und ein riesiges Einkaufszentrum errichtet. Nur Ingvar Kamprad mit seinem unmöglichen Möbelhaus aus Schweden namens IKEA gelingt in dieser Zeit ein ähnlich gigantischer Erfolg bei den Skandinaviern."

Mit einem Augenzwinkern beendet Günter diesen Rückblick. „Wie ihr wisst, hat meine Ehe bis heute Bestand; die der ABBA hingegen zerbrachen am Erfolg. Heute wissen wir, dass die nach außen besten Freundinnen Anni-Frid und Agnetha in Wirklichkeit tief zerstritten waren. 1982, nach nur acht Jahren, war ABBA Geschichte. Die vier Wunderkinder setzten ihre Karrieren weitestgehend unabhängig voneinander fort."

Auf dem Weg zum Einzelhandelskaufmann

Zunächst setzte ich meine Ausbildung in der Einkaufsabteilung fort. Dort erfuhr ich, dass die allein auf niedrigen Preisen basierende ALDI-Verkaufsstrategie keine preisgebundenen Markenartikel im Angebot zuließ. Um die Preisbindung zu umgehen, ließen sich Theo und Karl Albrecht von den führenden Markenartikel-Herstellern Eigenmarken liefern. Beispielsweise bezieht der Discounter das Vollwaschmittel mit dem Eigennamen Tandil von Dalli in Stolberg. Blendax liefert die Zahnpasta Benny; mit der Spirituosenfirma König, deren bekannteste Marke Steinhäger ist, arbeiten die Brüder bis heute eng zusammen und lassen ihren Sekt Auerbach auf Flaschen ziehen. Auf diese

Art und Weise werden langfristige Geschäftsbeziehungen begründet, denn für die Industrie ist der führende Discounter ein äußerst interessanter Großabnehmer. Die Grundvoraussetzung aller Lieferverträge sind die besten Konditionen für den Großabnehmer ALDI. Längst haben sich bedeutende Unternehmen in ihrer Absatzplanung wesentlich auf ALDI eingestellt. Die Eigenmarke Butella-Margarine erzielt bei Walter Rau mehr als ein Drittel seines Umsatzes. Mit Stolz berichten die Einkäufer uns Auszubildenden von bis zu 60 % Abnahmevolumen bei manchen Lieferanten. Selbst beim führenden deutschen Schokoladenkonzern, der Firma Leonard Monheim in Aachen, die Trumpf vermarktet, beträgt der Umsatzanteil von ALDI 10 %. Die DDR lieferte u. a. Damenstrümpfe in die BRD und erreichte mit dieser Warengruppe ein Exportvolumen von annähernd 100 Mio. Mark; auch hier waren die Albrechts mit einem zweistelligen Abnahmeanteil beteiligt und vermarkteten unter dem Eigennamen Sayonara.

Die Brüder legen bis heute größten Wert auf einen korrekten Umgang mit ihren Lieferanten. Prinzipiell wurden keine langfristigen Verträge mit den Herstellern abgeschlossen; so entstanden auch keine unzulässigen Abhängigkeiten, und trotzdem kann auf viele, oftmals jahrzehntelang andauernde Verbindungen verwiesen werden. Voraussetzung dafür ist die Preiswürdigkeit, Lieferfähigkeit und kontinuierlich gleichbleibend gute Qualität. Dafür können sich die Lieferanten auf eine pünktliche Bezahlung verlassen; darüber hinaus wird an einem Preis, der einmal ausgehandelt ist, nicht mehr gerüttelt – weder durch die Forderung von nachträglichen Rabatten noch durch Verweis auf ungerechtfertigte Reklamationen. Auch die Lieferanten sollen wirtschaftlich arbeiten können, denn man braucht schließlich leistungsfähige Partner.

Allerdings hat der Handel den großen Vorteil der üblichen Kreditierung von Rechnungen seitens des Lieferanten; d. h. die Bezahlung erfolgt in der Regel 30 Tage nach Lieferung; dann sind bei schnellem Umschlag die meisten Artikel längst verkauft. Da der Endkunde beim Kauf bezahlt, ist das Geld sofort verfügbar. Mit diesen dauerhaften Lieferantenkrediten können die Handelsketten ihre Expansion vorantreiben, ohne Geld am Kapitalmarkt beschaffen zu müssen. Lieferanten, die unverschuldet in Not geraten, dürfen mit der Hilfe der Albrechts rechnen. Nach Prüfung des Einzelfalls ist man bereit, Sofortzahlung oder gar Vorauskasse zu leisten.

Karl Meidinger hatte den Raum verlassen und kommt zu meiner Überraschung jetzt, mitten am Nachmittag, mit einer Sektflasche und vier Gläsern zurück. Erklärend meint er: „Fred sollte auch mit euch, Wolfgang und Günter, zum vertraulichen Du übergehen. Wer damit einverstanden ist, nehme ein Glas, damit ich einen guten Tropfen Winzersekt einschenken kann." Gerne folgen wir seinem Vorschlag, und ich nutze gleich die Gelegenheit und wende mich an Günter: „Gab es schon zu deiner ALDI-Zeit Unterschiede zwischen ALDI Nord und ALDI Süd?" Günter erklärt: „Zunächst gab es drei Grundsätze, an denen die Brüder eisern festgehalten haben.

1. Eine konsequente Rationalisierung des Verkaufssystems als Vorbedingung niedriger Kosten, die wiederum Voraussetzung für einen geringen Kalkulationsaufschlag sind und damit niedrige Preise über das gesamte Sortiment hinweg ermöglichen. Bei ALDI hat man nicht mit einigen wenigen Sonderangeboten geworben, sondern die günstigen Preise ganzer Sortimentsbestandteile veröffentlicht.

2. Auch im Einkauf liegt der Segen. Aus dieser Erkenntnis heraus hat man von Herstellern nicht einfach bestmögliche Preise gefordert, sondern die Voraussetzungen für partnerschaftliche Zusammenarbeit erarbeitet, sodass ALDI nicht nur ein zuverlässiger Großabnehmer, sondern auch ein fairer Partner ist.

3. Ein kompromissloses Qualitätsdenken wird das Kundenvertrauen dauerhaft erhalten.

Nach der endgültigen Trennung ihrer Unternehmen wurde weiterhin eng zusammengearbeitet. Trotzdem konnten mit der Zeit Unterschiede ausgemacht werden. Am Logo und Schriftzug konnte der aufmerksame Kunde erkennen, ob er einen ALDI-Nord- oder einen Albrecht-Süd-Laden vor sich hatte. In den 70er Jahren traten wir Nordler unter der Abkürzung ALDI in blauen Lettern auf weißem Grund mit dem Zusatz Markt auf. Die Südler ließ Karl schlicht unter seinem vollen Namen Albrecht firmieren. Auch die Sortimentspolitik unterschied sich marginal. Abweichend von der reinen Discountlehre mit wenigen Artikeln seines Bruders, erweiterte Theo von anfangs 400 auf später in den 70er Jahren 600 Artikel das Sortiment. Ich konnte während meiner Ausbildung neben unseren Waschmitteleigenmarken Tandil und Unamat auch die bekannten Originale Persil und OMO präsentieren, die ALDI Süd nicht führte.

Auch in der Sparte Logistik war ein Unterschied zwischen ALDI Nord und ALDI Süd zu erkennen. Die Belieferung der Läden mit Lkws unterschied sich erheblich. Die Südler arbeiteten ohne Hebebühnen am Lkw, weil sie an allen Läden Rampen installiert hatten. Die Nordler dagegen hatten Rampen nur an solchen Läden, bei denen eine Montage ohne Weiteres bautechnisch möglich war; dafür war jeder Lkw mit einer verstellbaren Ladebühne ausgestattet.

Beide Inhaber erkannten, wie alle bedeutenden Einzelhändler in dieser Zeit, die zunehmende Motorisierung ihrer Kunden; daher waren ausreichend Parkmöglichkeiten bei der Standortwahl zu berücksichtigen."

Wie bei vorausgegangenen Ausführungen von Günter hat er auch diesmal seinen Ordner mit Aufzeichnungen aus Lehrzeittagen zu Hilfe gezogen.

An dieser Stelle muss ich die Kassette meines ständig paraten Diktiergerätes wechseln. Dabei nutze ich die Gelegenheit, um eine Frage zu stellen, an deren Antwort ich auch persönlich interessiert bin: „Später hat ALDI sein Sortiment im Non-Food-Bereich erheblich ausgeweitet. Heute finden wir bei dem Discounter fast alles, was zum täglichen Leben gehört. Wie passt das mit der Politik der Begrenzung zusammen?"

Günter ist begierig, hierauf einzugehen: „Du erinnerst dich an die Kaffeeröster Eduscho und Tchibo, die Non-Food-Artikel neben ihrem Kaffee angeboten haben und dabei den Slogan ‚Jede Woche eine neue Welt' verwendeten? Bei ALDI und anderen Discountern erkannte man eine neue Form der Artikelbegrenzung – stark beworbene, ständig wechselnde Produkte nach dem Motto: Der Kunde kann bei uns alles bekommen – fragt sich nur, wann."

Wolfgang meldet sich zu Wort und schlägt eine Kaffeepause vor: „Wir haben auf das Mittagessen verzichtet und dürfen uns dafür jetzt auch ein Stück Kuchen leisten. Nach der Kaffeepause kommen wir auf Ereignisse des Jahres 1976 zu sprechen, die sowohl mit Familie Meidinger als auch dem Handel zu tun hatten.

Die 70er Jahre waren das Jahrzehnt des Politterrors, aber auch der erpresserischen Entführungen. Nachahmungstäter, oft noch nicht als Kriminelle aufgefallen, schlugen häufig in der dunklen Jahreszeit zu. Begonnen hat es im Herbst 1971 mit der Entführung des visionären Einzelhändlers Theo Albrecht. Auch das westfälische Münster war betroffen. Dort stand am Anfang einer Serie die gekidnappte 14-jährige Nicola. Sie wurde von zwei amateurhaft handelnden jungen Männern entführt und nach Zahlung eines Lösegelds von 100.000 –, Mark unversehrt freigelassen. Beim fünften Fall, der im Einzelhandel Beachtung fand, waren kriminelle Profis am Werk. Wir Händler waren geschockt, weil wiederum eine herausragende Dynastie unserer Branche betroffen war. Egbert Snoek führte Ende der 50er Jahre das Prinzip des Selbstbedienung-Großhandels in der Bundesrepublik mit seinen Ratio-Märkten ein. Trotz aller geschäftlichen Aktivitäten ist er der Meinung, dass Unternehmer, die den Sinn des Lebens nur in der Arbeit sehen, eigentlich arme Leute sind. Folgerichtig erwarb er für sich und die Seinen ein 800 Morgen großes Gut vor den Toren der Stadt Münster. Hier richtete Familie Snoek ein Gestüt ein, das 70 Pferde beherbergte. Trainiert wurde auf Außenanlagen im Turnierformat und in einer modernen Reithalle. Hier war der drahtige Unternehmer Egbert Snoek, wann immer es ging, nachmittags anzutreffen. Er sattelte seine Pferde, um zwei Stunden zu reiten. Seine Tochter Marion, Jahrgang 1953, begleitete ihn oft; sie gehörte schon mit 16 Jahren zu den besten Amazonen der Bundesrepublik. Der Star in der Reitanlage – und nicht nur hier – war Sohn Hendrik, Jahrgang 1948, der neben dem Studium der Betriebswirtschaft in Münster nicht nur im Betrieb seines Vaters tätig war, sondern sich bis in die Spitzengruppe der deutschen Springreiter vorkämpfte.

In der Nacht zum 3. November 1976 wurde der damals 28-jährige Junior aus einem Appartementhaus im münsterischen Kreuzviertel entführt. Die Entführer hatten ein Auto in der Tiefgarage der Anlage präpariert und mit einem Rammbock die Tür zum Appartement des schlafenden Hendrik aufgebrochen. Die zwei Täter verschleppten ihr Opfer in die Tiefgarage und legten es auf den Rücksitz des bereitstehenden Fahrzeugs. Während der nun folgenden zweistündigen Fahrt versuchte Hendrik Snoek, die Orientierung zu behalten und die Entführer in ein Gespräch zu verwickeln. Dabei fragte er: „Wie seid ihr ausgerechnet auf mich gekommen?" Die simple Antwort: „Es spricht sich eben herum, wo Geld ist." Ziel war die Ambachtalbrücke im hessischen Lahn-Dill-Kreis. Die Verbrecher hatten die schwer zugänglichen großen Kammern im Inneren der Brücke als ideales Versteck ausgemacht. Hier hielten sie ihr Opfer mit einer schweren Eisenkette um den Hals, deren Ende in Beton verankert war, gefangen. Schon am Morgen des 3. November gegen 6.00 Uhr meldeten sich die Entführer bei den Eltern mit der üblichen Aufforderung, keine Polizei einzuschalten. Ein weiterer Anruf, der gegen 8.00 Uhr einging, beschrieb einen Mercedes, unter dessen Fußmatten weitere Anweisungen zu finden seien. Der hier gefundene Brief enthielt eine

Lösegeldforderung von 5 Mio. Mark. Hendriks engster Freund erklärte sich bereit, das Lösegeld zu übergeben. Er befolgte die Anweisungen der Entführer, sodass die Übergabe erfolgreich verlief. Entgegen aller Zusagen und Versprechen teilten die Verbrecher jedoch weder das Versteck mit, noch ließen sie ihr Entführungsopfer frei; dieses war als Spitzensportler in guter körperlicher Verfassung. Zu seinem Glück waren aus bau- und entlüftungstechnischen Gründen am Boden der Brückenkammern Löcher eingearbeitet. Dies nutzte Hendrik, um mittels einer Toilettenpapierrolle Hilfegesuche abzusetzen. Dabei stand ihm zunächst ein Kugelschreiber zur Verfügung, den er in seiner Tasche fand; danach ritzte er seine Haut auf, um mit Blut weiterzuschreiben. Ein Beweis seines Überlebenswillens! Ein Lkw-Fahrer, der vor Ort im Einsatz war, bemerkte die aus der Brücke hängende Papierfahne und benachrichtigte die Polizei. Diese kontrollierte das Brückeninnere und fand das Entführungsopfer. Nur mithilfe von schwerem Gerät konnte die Feuerwehr aus dem nahen Fachwerkstädtchen Herborn Hendrik befreien. Snoek junior wurde mit einem Helikopter nach Münster geflogen. Gleichzeitig, es waren 55 Stunden seit der Entführung vergangen, wurde die Presse informiert. Jetzt setzte die Polizei alles in Bewegung, um die Täter zu ermitteln. Hendrik Snoek tat das einzig Richtige und suchte gleich eine neue Herausforderung – er startete bei einem großen Turnier bereits eine Woche später. 1977 wurde er deutscher Meister der Springreiter.

In der Sendung „XY ... ungelöst" spielte Eduard Zimmermann die Tonaufnahmen mit der Stimme eines der Erpresser ab. Trotz aller Fahndungsaufrufe verliefen alle Spuren zunächst im Sand, bis schließlich das Lösegeld selbst zu den Tätern führte. Einer hatte zeitweise in der Eifel gelebt und zahlte größere Summen auf sein Konto bei der Sparkasse Prüm ein. Eine Überprüfung der Nummern bestätigte den Verdacht; es handelte sich tatsächlich um das Lösegeld aus dem Entführungsfall Snoek. Der Haupttäter wurde zunächst beobachtet und führte die Polizei schließlich auf die Spur seines Komplizen. Jetzt wurden beide in Düsseldorf verhaftet, und es stellte sich heraus, dass sie sich aus der Haftanstalt Rheinbach kannten. Einer der Täter erhängte sich in seiner Zelle, der andere wurde zu 13 Jahren Haft verurteilt.

Schon kurze Zeit später schockte ein weiterer spektakulärer Entführungsfall die Republik.
 Am 14. Dezember 1976 wurde Richard Oetker überfallen und 47 Stunden in einer kleinen Holzkiste gefangen gehalten. Er erlitt schwere Verletzungen, kam aber nach Zahlung von 21 Mio. Mark Lösegeld frei. Erst zwei Jahre nach der Tat konnte der Hauptverdächtige Dieter Zlof gefasst und anschließend verurteilt werden."

In seinem Ordner hatte Günter die Berichte über die Entführungsfälle der RAF und der prominenten Einzelhändler abgelegt und trägt auch heute vor, welche Verbrechen ihn persönlich schwer betroffen gemacht haben. Er erklärt: „Diese Ereignisse gehören zu meinem Leben wie alle Erfahrungen, die ich während meiner Ausbildungszeit gemacht habe. Im Sommer 1977 konnte ich die Abschlussprüfung zum Einzelhandelskaufmann erfolgreich ablegen. Nicht nur unser als von der Kammer beauftragter Prüfungsausschuss tagte, sondern, neben vielen anderen, bestand auch Heike die Abschlussprüfung als Bürokauffrau im Bereich Verwaltung. Anlass genug, um eine große Party zu organisieren."

Mich interessiert, welche prägenden Erkenntnisse Günter aus seiner Ausbildungszeit mitgenommen hat. Auf entsprechende Nachfrage nennt er seine 10 geschäftlichen Gebote:

„1. Konzept, Idee, Vision, damit beginnt alles. Damit wird ein Unternehmen bestimmt und bis ins Detail gestaltet. Eine klare Strategie ist die Grundlage jeder überzeugenden eschäftspolitik.

2. Ziele
Klar formulierte Ziele, die jeder Verantwortliche verinnerlicht und die einfach und verständlich für alle formuliert sind, geben die Richtung vor.

3. Sortimentsbildung
Jedes Unternehmen sollte sein Leistungsangebot klar definieren. Bei ALDI ist es eine entscheidende Handelsfunktion, gemeint ist die Zusammenstellung der Artikel des Angebots inkl. der angebotenen Dienstleistungen. Nur auf Grundlage einer klaren Leistungsbestimmung können die Informationen mittels Werbung den Verbrauchern vermittelt werden.

4. Umgang mit Geschäftspartnern
Kunden, Lieferanten und alle anderen Geschäftspartner werden so behandelt, wie man selber behandelt werden möchte. Zu diesen Partnern gehören selbstverständlich auch Mitarbeiter und Mitarbeiterinnen.

5. Askese und Bescheidenheit
Bescheidenheit beginnt auf der Chefetage. Alle persönlichen Eitelkeiten und Vorurteile müssen zurückgedrängt werden. Dadurch kann das Prinzip der Einfachheit und somit einfache und schnelle Lösungen gefunden werden.

6. Konsequent im Handeln
Den täglichen Verlockungen widerstehen und gute Konzepte durchhalten.

7. Verzicht auf Stabsstellen
Alle Aufgaben, auch Sonderaufgaben, werden von Linienmanagern bearbeitet. Auch auf die Zusammenarbeit mit Unternehmensberatern wird bewusst verzichtet.

8. Liebe und Leidenschaft zum Detail
Täglich nach kleinen Verbesserungen streben und Lust auf viele kleine Erfolge entwickeln.

9. Alle an die Front
Ob geschäftsführender Inhaber oder Topmanager, alle müssen sehen und spüren, was am Point of Sale geschieht.

10. Kundenorientierung
In jedem Unternehmen ist der Kunde, der schließlich an der Ladenkasse abstimmt, das Maß aller Dinge."

Diese Grundsätze wurden aus dem ALDI-Management schon während meiner Ausbildung vorgegeben und finden sich auch nachher in dem ALDI-Bestseller „Konsequent einfach".

Im Anschluss an meine Ausbildungszeit war ich noch einige Monate in meiner Ausbildungsfirma tätig – Herr Kramer hatte mich für seine Filiale angefordert. Am 1. Juni 1978 habe ich meine Wehrdienstzeit beim Bundesgrenzschutz begonnen; dieser wurde später in Bundespolizei umbenannt und arbeitete eng mit dem Zoll zusammen, was den Vorteil hatte, dass wir an Lehrgängen zum Thema „Materialkunde" teilnehmen konnten. Schließlich ist die Kontrolle von ein- und ausgehender Ware ein ganz wesentlicher Bestandteil der Zollarbeit. Persönlich habe ich Kontrollen am größten Binnenhafen Europas in Duisburg miterlebt.

Heike und ich beschlossen, im Anschluss an meine Zeit beim Bundesgrenzschutz für 18 Monate nach Amerika zu gehen, um die dortige Einzelhandelskultur zu studieren. Obwohl mittlerweile volljährig, waren wir froh, dass unsere Eltern einverstanden waren. Vom Tod meines Bruders Christian erfuhren wir also fern der Heimat. Heike hatte bei der Organisation „Youth for Understanding" alle erforderlichen Schritte für uns eingeleitet. Es war klar, dass wir nicht gemeinsam von einer Gastfamilie eingeladen würden. Für die Kosten des Hin- und Rückflugs und ausreichend Taschengeld reichten unsere Ersparnisse; darüber hinaus wurden die Bewerber von einer amerikanischen Familie eingeladen. Die Organisatoren suchten anhand des jeweiligen Lebenslaufs und den Interessen der Bewerber eine möglichst passende Familie aus. Für uns wurden zwei Gastfamilien in Castro Valley nahe San Francisco gefunden. Die Gasteltern von Heike waren bei der Stadtverwaltung beschäftigt, während Herr Smith und seine Frau, bei denen ich untergekommen war, bei

Walmart, dem größten Einzelhändler, arbeiteten. Hier konnte ich ein Praktikum absolvieren, während Heike die Schule besuchte. Unsere Englischkenntnisse verbesserten sich von Woche zu Woche. Die Freizeit verbrachten wir natürlich gemeinsam und waren froh, dass beide Gastfamilien Besuche zugelassen haben und darüber hinaus Besichtigungstouren organisierten, um uns Land und Leute näherzubringen.

Wie bei IKEA, Walmart und ALDI leitet sich auch der Unternehmensname von seinem Gründer ab. Am 2. Juli 1962 eröffnete Sam Walton seinen ersten Walton Market und firmierte als Walmart. Um seine Expansion zu finanzieren, ging das Unternehmen 1972 an die Börse.

Ich erlebte hier in den USA eine ganz andere Einstellung zur Sortimentsvielfalt und Verkaufsfläche als bei meinen Lehrherren, den Brüdern Albrecht.

1987 eröffnete Sam Walton seinen ersten Hypermarkt mit einer nie da gewesenen Handelsfläche. Walmart eroberte nicht nur die USA, sondern auch das Nachbarland Kanada und ist in Mexiko Marktführer. In Europa konnte sich der Handelsriese teilweise durchsetzen. So ist er in Großbritannien zum zweitgrößten Konzern nach Tesco aufgestiegen. Ich sah in Walmart den Goliath und in ALDI den David. Wie die Geschichte lehrt, konnte David den Goliath besiegen, und so zog sich Walmart aus Deutschland zurück. Umso bemerkenswerter, denn wir sprechen vom umsatzstärksten Unternehmen und mit Abstand größtem privaten Arbeitgeber der Welt. Auch Amazon-Gründer Jeff Bezos zollt Walmart größten Respekt; er muss sich mit Platz 2 der umsatzgrößten Einzelhändler hinter Walmart begnügen.

Meine Entscheidung, das Phänomen Walmart in den USA zu studieren, habe ich nie bereut.

Hier unterbreche ich Günter und bringe den Begriff E-Commerce ins Gespräch. Günter geht sofort darauf ein: „E-Commerce steht für Electronic Commerce und damit für die elektronische Vermarktung, also den Handel von Waren und Dienstleistungen über das Internet. E-Commerce steht in der Tradition des Distanzhandels, den es schon lange vor dem Internet gab. Denken wir nur an die großen Versender Quelle, OTTO oder früher Neckermann und viele mehr – sie alle waren oder sind Distanzhändler. Noch längere Tradition haben Marktplätze; seit Menschengedenken treffen Händler, früher vorwiegend unter freiem Himmel, zusammen, um ihre Angebote zu unterbreiten. Nachdem Edison die Glühlampe erfunden hat, war es möglich, Waren gefahrenlos in geschlossenen Räumen anzubieten – die Geburtsstunde der Kaufhäuser. Einen Marktplatz für Einzelhandels- und Dienstleistungsbetriebe verschiedener Art und Größe bieten sogenannte Einkaufszentren, oft auch Shoppingcenter genannt. Sie entstehen durch Planung sowohl am Rande von Städten als auch Stadtzentren. In Mönchengladbach, der Stadt, in der Heike und ich unseren ersten MeDi eröffneten, entstanden Shoppingcenter zunächst in stillgelegten Fabrikgebäuden der einst bedeutenden Textilindustrie.

Das Internet bietet anstelle stationärer Marktplätze virtuelle Marktplätze. Was letztlich alle Handelsformen eint, ist die Logistik, denn schließlich muss die Ware zum Verbraucher kommen."

Nun schalte ich mich in meiner Eigenschaft als Journalist und Schriftsteller ein: „Beim Namen Amazon denke ich immer an Jeff Bezos' Anfänge als Buchhändler und denke an die realen Marktplätze, Buchmesse Frankfurt und Leipzig, die ich jedes Jahr besuche. Da der Internethandel in den USA zunächst mehrwertsteuerbefreit war, konnte Amazon eine gewaltige Anschubfinanzierung nutzen."

Mit einem Blick auf die Uhr unterbricht Karl unsere interessante, theoretische Konversation und kommt auf die Rückkehr aus Amerika zu sprechen. „Alle Familienmitglieder, sowohl von

Heikes als auch von unserer Seite, haben erfreut registriert, dass eure Amerikareise euch noch mehr zusammengeschweißt hat." Günter lacht: „Das habt ihr ganz richtig registriert, denn schließlich haben wir gleich im Anschluss daran geheiratet. Heikes Eltern haben es sich nicht nehmen lassen, die Hochzeitsfeier für ihre einzige Tochter auszurichten."

Auch Wolfgang erinnert sich an die Zeit und die schönen Erlebnisse, die den Tod von Bruder Christian wenigstens in solchen Momenten in den Hintergrund rücken ließen. Er erinnert an diese Zeit: „Ihr habt die Familien an allem Privaten teilhaben lassen, aber euer Vorhaben, einen MeDi-Markt zu gründen, verschwiegen." Günter erinnert sich: „Ich weiß, lieber Bruder, ebenso wie Vater, dass ihr in der damaligen Zeit wirtschaftliche Sorgen hattet und mit Sicherheit befürchten musstet, dass diese bei einem eventuellen Scheitern größer würden. Zwar hättet ihr sicherlich geholfen, aber ich bin auch heute noch überzeugt davon, dass ihr eher abgeraten hättet, als unseren Schritt in die Selbständigkeit gutzuheißen."

Jetzt bin auch ich neugierig geworden: „Ihr hattet noch keine großen Ersparnisse und habt auch die Verwandtschaft nicht um finanzielle Unterstützung gebeten. Wie war es euch da möglich, selbstständig zu werden?" Günter antwortet: „Schließlich hatte ich schon als Schüler beim Verkauf von Dosengerichten und später in der Lehre bei ALDI den Begriff des begrenzten Sortiments verinnerlicht und gemäß der reinen Albrechtlehre gehörte das absolute Kostenbewusstsein untrennbar dazu. Wir haben einen ca. 500 m² großen Gewerberaum in einer ehemaligen Textilfabrik in Mönchengladbach, in der auch andere Einzelhändler angesiedelt waren, für nur 1 –, Mark/m² angemietet. Unsere erste Warengruppe bestand aus Matratzen, die wir in den gängigen Größen bevorrateten und mit Kleinanzeigen beworben haben. Statt eines Pkws habe ich einen gebrauchten VW-Bus angeschafft, mit dem ich jederzeit bei Bedarf für einen ganz geringen Aufpreis die Matratzen ohne weitere Hilfe ausliefern konnte. Als ehemaliger

ALDI-Mitarbeiter haben die Lieferanten mir von Anfang an vertraut und ein Zahlungsziel von 30 Tagen gewährt. Meine äußerst knapp kalkulierten Matratzen waren meist schon verkauft, bevor die Rechnung fällig wurde, sodass wir nie in Liquiditätsnot gekommen sind. Selbstverständlich haben wir auch neben den Eingangspreislagen hochwertige Qualitäten als Sonderposten aufgekauft und konnten so äußerst attraktive Angebote machen."

„Ihr wart also MEDI-Matratzenmärkte, nachdem ihr filialisiert habt? Und wie wurdet ihr zu Schuh-Meidinger-Discount, kurz MeDi?", will ich wissen.

„Wir hatten bereits 10 Matratzenfachmärkte, als unsere gemeinsame Hausbank nicht nur gute private Beziehungen innerhalb der Familie, sondern die geschäftliche Zusammenarbeit vorschlug." Vater Karl unterbricht seinen Sohn Günter: „Die Familie muss zugeben, dass es sich mehr um eine Forderung des Vorstands unserer Hausbank handelte, dich, lieber Günter, in die Geschäftsleitung zu holen, als nur um einen Vorschlag. Für deine damalige Bereitschaft danke ich dir noch heute, zumal du deine Matratzenmärkte im wohl richtigen Moment, nämlich dem Aufkommen dieser Vertriebsschiene, verkaufen konntest." Jetzt schaltet sich auch Wolfgang ein und berichtet, dass zu diesem Zeitpunkt die noch heute gültige vierstufige Meidinger Schuhkonzeption innerhalb der Familie entwickelt wurde:

1. Manufaktur,
2. die Entwicklung von Komfort-Schuhen, die zum großen Teil im Ausland produziert werden,
3. der Discountverkauf stationär,
4. der Internetverkauf.

Es ist spät geworden an diesem Abend, und ich will noch nach Hause fahren. Mithilfe des Diktiergerätes, meiner eigenen Notizen und der bereitgestellten schriftlichen Informationen habe ich einen guten Überblick über das Leben und Wirken der Meidingers erhalten.

Journalistische Arbeit bringt es mit sich, in die Lebensbereiche von Menschen tiefer einzudringen. Während der gesamten Zeit meiner Arbeit und Recherchen mit Familie Meidinger war ich berührt von deren Offenheit in stets angenehmer, ja fast freundschaftlicher Atmosphäre.

Bei den Meidingers handelt es sich um Familienunternehmer mit einer durchgängigen Branchen- und Regionstradition im Schuhdorf Hauenstein. Ihr Betrieb ist inhabergeführt, sodass ich im nächsten Kapitel auch auf die Familienstrategie eingehen werde. Unterschiedliche Unternehmertypen haben unterschiedliche strategische Ausrichtungen; die Meidingers sind entsprechend einzuordnen.

Einordnung in die Gesamtwirtschaftsstruktur

Die Familienunternehmer Meidinger

Schuhdorf Hauenstein – Heimat der Meidingers

Die Familienstrategie der Meidingers

Unterschiedliche Unternehmensstrategien

Die Familienunternehmer Meidinger

Wird über die deutsche Wirtschaft berichtet, so stehen meist die großen DAX-Konzerne im Fokus. Bundeskanzlerin Dr. Angela Merkel hebt nach der letzten Finanzkrise die Bedeutung von Familienunternehmen hervor; diese haben sich in Zeiten großer Unsicherheit als stabilisierender Faktor in unserer Wirtschafts- und Gesellschaftsordnung gezeigt. Familienunternehmen erwirtschaften rund zwei Drittel des deutschen Bruttoinlandprodukts und stellen die Mehrzahl der Arbeits- und Ausbildungsplätze.

Die meisten Familienunternehmen wurden von einem visionären Unternehmer gegründet und haben sich oft zu Großunternehmen entwickelt. Andere, die von Prof. Hermann Simon als Hidden Champions bezeichnet werden, besetzen eine Nische und sind hier, unabhängig von der Unternehmensgröße, Weltmarktführer. In die Wirtschaftsgruppe Familienunternehmer gehören die Meidingers. Generationenübergreifend ist ihr Unternehmen inhabergeführt.

Der Präsident (2011–2017) des Verbands „Die Familienunternehmer e. V." Lutz Goebel, erklärt: „Wir haben derzeit in Deutschland fast 3,5 Millionen Selbstständige. Erstaunlich dabei ist, dass 80 % aller deutschen Unternehmen mit mehr als einer Million Euro Umsatz Familienunternehmen sind; ca. 45 % aller deutschen Unternehmen mit mehr als 500 Mio. Euro Umsatz ebenso, und sogar 51 % der 250 größten an der Frankfurter Börse notierten Unternehmen sind Familienunternehmen."

Ich habe es nicht versäumt, die Herren Meidinger zu fragen: „Was bedeutet es, ein Familienunternehmer zu sein?"

Karls Antwort habe ich wie folgt notiert: „Zunächst müssen wir die beiden Begriffe Familie und Unternehmen betrachten. Die

Familie sichert die physische und soziale Weiterexistenz, das Unternehmen die ökonomische. Dabei verbindet eine Familie wie die unsrige ihr Schicksal mit dem Unternehmen. Es werden ganz andere Emotionen und Verantwortungsgefühle und auch andere Energien freigesetzt; dies ist bei einer reinen Publikumsgesellschaft seltener der Fall."

Der eher konservative Wolfgang beantwortet die gleiche Frage wie folgt: „Gerade in Zeiten, die von konjunkturellen und strukturellen Krisen im Wirtschafts- und Finanzbereich geprägt sind, sollten sich die Menschen wieder zurückbesinnen auf die Tugenden und Werte, die seit jeher von Familienunternehmen gelebt werden. Es sind Werte und Prinzipien, die in der Tradition des ehrbaren Kaufmanns stehen. Familienunternehmer handeln nach Maximen wie Freiheit, Eigentum, Wettbewerb und Verantwortung. Sie führen ihr Unternehmen eigenständig und haften im Gegensatz zum angestellten Manager mit ihrem Kapital. Der Familienunternehmer ist in seiner Region tief verwurzelt und steht für einen motivierenden und menschlichen Umgang mit seinen Mitarbeitern."

Günter, der sich mit neuen Ideen in die Firma eingebracht hat, erklärt seine Sicht folgendermaßen: „Wir Meidingers haben gezeigt, dass wir als Familienunternehmer in der Lage sind, auf veränderte Marktbedingungen einzugehen und neue Vorgehensweisen zu ermöglichen. Zwar werden noch nicht alle neu gestalteten Prozesse im Unternehmen konsequent gelebt, da wir über eine lange Tradition als Schuhhersteller verfügen. Es bedarf täglich motivierender Überzeugungsarbeit, um alle von der Notwendigkeit des zusätzlichen Direktvertriebs und der ausgelagerten Produktion zu überzeugen. Wenn der Preis letztlich das wichtigste Entscheidungskriterium ist und der Markt von Konzentrationstendenzen gezeichnet scheint, muss gerade der Familienunternehmer zu permanenter Anpassung bereit sein, ohne seine strategische Ausrichtung zu verlassen. Dabei stellt sich allerdings die Frage der Produktgebundenheit nach dem Motto: Einmal Schuhe, immer Schuhe."

Alle sind sich einig in der Überzeugung, dass Familienunternehmer ihr Streben nach unternehmerischem Erfolg und hohem Verantwortungsbewusstsein gegenüber ihren Partnern, aber auch gegenüber dem Gemeinwesen und den nachfolgenden Generationen verbinden. Die meisten Familienunternehmer erfüllen daher die Grundwerte der sozialen Marktwirtschaft täglich mit Leben und beweisen, wie wichtig die Prinzipien nachhaltigen wirtschaftlichen Handelns sind.

Erfolgreiches Unternehmertum und Gemeinwohlorientierung sind zwei Seiten derselben Medaille; beides bedingt sich gegenseitig.

„Wer bildet, objektiv betrachtet, das Rückgrat der deutschen Wirtschaft?", frage ich mich als auf Unabhängigkeit bedachter Publizist. Sind es die Publikumsgesellschaften oder die Familienunternehmen? Das Plädoyer der Familienunternehmer und ihres Präsidenten Lutz Goebel ist eindeutig ‚pro family business' – folgerichtig gibt es auch ein ‚family business network (fbn)' Deutschland, dem ca. 250 Familienunternehmen mit nahezu 400 Familienmitgliedern angeschlossen sind. Ihr Ziel: von Familien für Familienunternehmen zu lernen. Besonders augenfällig ist, dass bei jeder Zusammenkunft auch die Next Generation anwesend ist.

Mit der Bezeichnung Publikumsgesellschaft wird auf die breite Streuung des Eigentums am Gesellschaftskapital hingewiesen. Eine Publikumsgesellschaft kann zum Beispiel eine AG, KG oder GmbH & Co. KG sein; sie kann und wird regelmäßig von Fremdmanagern geleitet. Ein wichtiger Vorteil der Publikumsgesellschaft ist die erleichterte Kapitalbeschaffung aufgrund der großen Stückelung des Eigentums am Gesellschaftskapital; im Idealfall befindet sich dieses im Streubesitz. Grundsätzlich benötigt jedes Vorhaben Kapital. Die Idee der Börse ist die Finanzierung solcher Aktivitäten, wenn von nachhaltig wachsenden Unternehmen ausgegangen wird.

Es gibt sehr viele Familienunternehmen mit einer langen Tradition. Nach einer Recherche des Wirtschaftsmagazins Euro steht die Privatbrauerei Zötler an der Spitze aller Traditionsunternehmen; denn dieses in Rettenberg ansässige Familienunternehmen ist das älteste im deutschsprachigen Raum. Seine Gründung reicht in das Jahr 1447 zurück, als das katholische Hochstift Augsburg im Allgäu Fuß fasste und den Aufbau einer Brauerei begünstigte.

Die Gesellschafteranteile der GmbH werden von dem geschäftsführenden Gesellschafter Herbert Zötler zu 55 %, von Sohn Niklas zu 5 % sowie der Familie Georg und Michaela Müller, geb. Zötler, zu gemeinsam 40 % gehalten.

Der mittelständische Betrieb braut heute zum Zeitpunkt der Niederschrift über Familie Meidinger 12 verschiedene Bierspezialitäten und erreicht einen Jahresumsatz von über 10 Mio. Euro mit ca. 75 Mitarbeiter(inne)n.

**Schuhdorf Hauenstein
Heimat der Meidingers**

Die Möglichkeiten, sich über die Schuhproduktion in der Pfalz und speziell in Hauenstein zu informieren, wird durch das Deutsche Schuhmuseum und das Buch aus den 1990er Jahren, herausgegeben anlässlich der Eröffnung, erleichtert. Heute rühmt sich Hauenstein, das größte Schuh-Outlet-Zentrum Deutschlands zu beherbergen. Die dortige Schuhmeile bietet regelmäßig in mehr als 20 Schuhfachgeschäften über eine Million Paar Schuhe an. Wie viele Orte in der Region nahe der Deutschen Weinstraße bietet sich auch Hauenstein als Touristenattraktion an. Neben einer guten Gastronomie, Ausflugs- und Wandermöglichkeiten sind das Schuhmuseum und die Schuhmeile mit der gläsernen Schuhfabrik Seibel touristisch beliebte Attraktionen.

Meine Lebensgefährtin Elvira begleitet mich, um die Möglichkeiten zu nutzen, unterstützt mich aber auch bei meinen Recherchen.

Das Gebäude der ehemaligen Schuhfabrik Schwarzmüller Hauenstein entstand im Jahr 1928 im Bauhausstil. Es steht heute unter Denkmalschutz. In dieser Schuhfabrik waren während des Zweiten Weltkriegs ein Lazarett und eine Abteilung des IG-Farben-Konzerns aus Ludwigshafen, des Vorläufers der BASF, untergebracht. Seit Juni 1996 ist das Gebäude Sitz des Schuhmuseums für Schuhproduktion und Industriegeschichte. Die anfängliche Produktionstechnik und Alltagsgeschichte zeigt die in der Schuhindustrie üblichen Produktionsverfahren von der Schuhmacherwerkstatt bis hin zur maschinellen Fertigung. Ausgestellt sind über 50 funktionstüchtige Schuhmaschinen. Bei Gruppenführungen können autorisierte Techniker die wichtigsten Schritte der maschinellen Schuhproduktion vorführen.

Seit der Museumseröffnung wird aber auch über die Lebensbedingungen der Erwerbspersonen informiert. Firmengründer, Mitarbeiter, Mitarbeiterinnen, sogenannte Einpendler, aber auch Zwangsarbeiter und Zulieferbetriebe gehören dazu. Der Besucher erfährt beispielsweise, dass Arbeiter mit gewerkschaftlicher Hilfe für bessere Arbeitsbedingungen und Arbeitszeiten kämpfen mussten. Um 1900 war die 60-Stunden-Woche mit sechs Arbeitstagen üblich. Im Laufe der Zeit wurde die Dauerausstellung ständig überarbeitet und um Themenbereiche wie Schuhhandel, Schuhwerbung, Schuhe für Promis mit der Würdigung des Schuhs als Kulturgut und modischen Statements ergänzt. Der Besucher erfährt vom Aufstieg und Niedergang der pfälzischen Schuhindustrie, aber auch von geschichtlichen und wirtschaftlichen Rahmenbedingungen; dazu gehörten auch rassenideologisch bedingte Betriebsenteignungen. Heute sprechen wir vom Deutschen Schuhmuseum Hauenstein.

Als Mitte der 1980er Jahre der Ruf nach dem Firmeneintritt von Günter Meidinger mit seinen neuen Beschaffungs- und Vertriebskonzepten lauter wurde, war 1986 für Hauenstein ein besonderes Jubiläumsjahr. Als Journalist hätte ich vielleicht betitelt: Aufstieg und Niedergang von Deutschlands größtem Schuhdorf. 1886 gründeten die Brüder Anton Seibel (1862–1949) und Carl-August Seibel (1850–1911) in Hauenstein die erste Schuhfabrik. In einer von bitterer Armut geprägten Region waren die Brüder neben der Landwirtschaft ursprünglich als wilde Händler unterwegs. Im Todesjahr von Carl-August zählte man in Hauenstein, dem wichtigsten Industriedorf der pfälzischen Schuhregion, 15 Betriebe, die 1.106 Mitarbeiter beschäftigten. Viele waren sogenannte Einpendler, die aus der Region in zum Teil mehrstündigen Fußmärschen zur Arbeit nach Hauenstein gingen. Immer mehr Menschen fanden in diesem Schuhzentrum Arbeit. 1914 zählte man 700 Einpendler, in der Blütezeit 1958 waren es fast 1.900. 1976, dem Jahr, in dem Günter Meidinger bei ALDI begann, erreichte die Zahl der Beschäftigten in den Hauensteiner Fabriken durch Rationalisierung, Konkurse und Firmenaufgaben einen Tiefpunkt.

Wo einst 50 Betriebe produzierten, gab es im Jubiläumsjahr der Meidingers 1986 nur noch wenige, mit zusammen 700 Arbeitsplätzen; davon waren 353 mit Einpendlern besetzt.

Vermutlich hätte sich Hauenstein nicht zum überregional bekannten Schuhdorf entwickelt, wenn die Entstehung der Schuhindustrie nicht vom 25 Kilometer entfernten Pirmasens ausgegangen wäre. Das zunächst kleine südpfälzische Dorf Pirmasens hatte in der zweiten Hälfte des 18. Jahrhunderts als Residenz des Landgrafen Ludwig IX. von Hessen-Darmstadt einen steilen Aufstieg genommen. Der Landgraf gründete in dem noch kleinen Waldort eine Soldatengarnison. Pirmasens entwickelte sich innerhalb von 50 Jahren zu einer 7.000 Einwohner zählenden Stadt. Einige Soldatenfrauen verdienten sich ein Zubrot mit der Fertigung von Hausschuhen. Von nun an nahm die Entwicklung der Schuhherstellung in Heimarbeit bis hin zur Schuhindustrie ihren Lauf. In Pirmasens wurde 1838 die erste deutsche Schuhfabrik durch Peter Kaiser gegründet. Zunächst wurden auch hier einfache Hausschuhe aus Stoff und Schafsleder gefertigt. Ab den 1860er Jahren setzte Peter Kaiser Maschinen zur Schuhfertigung ein. Mit Dampfmaschinen begann das Zeitalter der Industrialisierung. Diese erhitzen durch die Verbrennung von Kohle Wasser; der entstehende Wasserdampf wird in einen Kessel geleitet und dehnt sich aus, damit er mittels Schiebern auf Kolben geleitet wird, die durch Auf- und Abbewegungen Energie für Maschinen erzeugen.

Bereits im 19. Jahrhundert exportierte Kaiser seine Ware in die USA, nach Südafrika, Asien und Australien. Laut Chronist spezialisierte sich das Unternehmen ab 1908 auf hochwertige Damenschuhe. Die große Fertigungsmenge erlaubte günstige Preise bei guter Qualität; und so konnte auch die Weltwirtschaftskrise überstanden werden. Bis zum 100-jährigen Firmenjubiläum 1938 hatte man an alte Erfolge angeknüpft. Nach der Zerstörung der Firmengebäude im Zweiten Weltkrieg gelang der Wiederaufbau, sodass Mitte der 50er Jahre die Produktionsmenge 6.000 Paar Schuhe pro Tag erreichte. Auch die Schuhfabrik Kaiser setzte lange auf hohe Qualität, auch als sich der Rückgang der deutschen Schuhindustrie zum Ende der 1960er Jahre abzeichnete. Zu diesem Zeitpunkt wurden mehr ausländische Schuhe importiert als deutsche Schuhe exportiert. 1960 betrug der Import 9,8 Millionen Paar Lederschuhe; dies waren 11 % der heimischen Produktion. Besonders beliebt waren schicke und billigere Produkte aus Italien. Bis 1972 wuchs die Importquote auf 52 %. In der BRD wurden demnach mehr Schuhe aus dem Ausland als aus heimischer Produktion verkauft. Bei Peter Kaiser wurde bis 1999 ausschließlich in Deutschland produziert, danach auch im Ausland, z. B. Portugal. Neben einem eigenen Onlineshop blieb der stationäre Schuhhandel auch im neuen Jahrtausend Hauptvertriebsweg bei Peter Kaiser. Heute werden am Stammsitz Pirmasens Schuhe ausschließlich entworfen und vermarktet.

Solche Entwicklungen waren nicht nur in der Schuhindustrie, sondern auch im gesamten Bekleidungsbereich in der BRD zu beobachten. Auch bei anderen lohnintensiven Produkten des persönlichen Bedarfs wie beispielsweise Polstermöbeln hat es eine fast identische Entwicklung gegeben. Trotzdem wird Deutschland als Exportweltmeister betrachtet. Dies wurde möglich, weil hierzulande technologisch hochwertige Produkte, die am Weltmarkt auskömmliche Preise erzielen, hergestellt werden.

In jedem Land, auch in Deutschland, hat die Entwicklungsgeschichte hin zum Industrieland mit der Bekleidungsindustrie begonnen. Mit wachsendem Know-how mutierte das Angebot zu immer anspruchsvolleren Produkten; diese Entwicklung können wir heute am Beispiel China beobachten. Lange Zeit als Lieferant von billigen Massenprodukten bekannt, werden im Reich der Mitte mittlerweile auch Maschinen, Autos und andere Produkte aus ursprünglich deutscher Kernkompetenz zu günstigen Preisen hergestellt.

Die Firmengeschichte der Meidingers ist vergleichbar mit der Geschichte der meisten südpfälzischen Schuhhersteller. Die Urväter Kaiser und Seibel weisen den Weg – Produktentwicklung und moderne Vertriebsmethoden vor Ort bei einer gleichzeitig ausgelagerten Produktion in Billiglohnländer. Das Engagement der Familie Seibel für den Standort und damit auch für das deutsche Schuhmuseum wird für jeden Besucher erkennbar, wenn er ein Kombiticket erwirbt, welches zum Eintritt ins Schuhmuseum und zu einem Besuch in Seibels gläserner Produktion berechtigt.

Die Familienstrategie der Meidingers

Jeder Unternehmer wird eine Strategie für sein Unternehmen, sein Vermögen und auch für seine Person haben. Familienunternehmer wie die Meidingers benötigen darüber hinaus eine Strategie für die Familie.

In diesem Zusammenhang musste ich im Gespräch mit Günter Meidinger an Robert Woodruff denken. Die Persönlichkeit dieses außergewöhnlichen Managers habe ich anlässlich einer Berichterstattung über Coca-Cola recherchiert. Robert Woodruff und Coca-Cola stehen für die Verwirklichung des amerikanischen Traums. Aus meinem damaligen Artikel will ich zitieren, um die Bedeutung von Robert Woodruff und die Verbindung zu Günter Meidinger verständlich zu machen.

Der weltberühmte Drink mit dem Namen Coca-Cola wurde 1886 von einem ehemaligen Major namens John S. Pemberton erfunden. Der befreundete Grafiker Frank Robinson entwickelte zeitnah den bis heute beibehaltenen Originalschriftzug. Pemberton ahnte, dass ihm nicht mehr viele Lebensjahre blieben und seine unternehmerische Kraft nachließ. Ihm war klar, dass seine Entwicklung nur mit erheblichem Einsatz und einem entsprechenden Marketing erfolgreich sein würde. Er und seine Freunde fanden in Asa Candler den richtigen Mann; dieser erwarb das Rezept 1888 für lediglich 2.300 –, $. Schon gut 10 Jahre später konnte Präsident Candler über „... ein weiteres erfolgreiches Geschäftsjahr, das mit einem Umsatz von über 300.000 –, $ abgeschlossen wurde ..." berichten. Im Jahre 1919 endete die Ära der Familie Candler als Inhaber der Coca-Cola-Compagnie. Die Kinder verkauften die Firma für die damals unvorstellbare Summe von 25 Millionen Dollar. Die Käufer, ein Konsortium, angeführt von dem Geschäftsmann Ernest Woodruff, hinter dem drei namhafte Banken standen, waren die Erwerber. Schon 1922, nachdem der Umsatz von Coca-Cola sank und die Aktien von 40 –, $ auf 18 –, $ abstürzten, wurde Ernest Woodruff gezwungen, als Präsident abzutreten. Der Aufsichtsrat präsentierte auch gleich den Nachfolger: ausgerechnet und gegen Willen von Ernest Woodruff wurde sein Sohn Robert 1923 zum Präsidenten von Coca-Cola ernannt. Vater Woodruff war auch dagegen, dass sein Sohn Robert das College ohne Abschluss verlassen hat. Er soll seit dieser Zeit nie wieder ein ganzes Buch oder einen Brief länger als zwei Seiten gelesen haben; dafür war er vom Verkäufer zum General Manager von White Motors aufgestiegen. Er wäre mit Sicherheit einer der Titanen in der Automobilindustrie geworden, wenn er nicht zur Coca-Cola-Compagnie gewechselt hätte. Zu diesem Zeitpunkt war er 33 Jahre alt. Als Organisationstalent erfüllte er die Erwartungen des Aufsichtsrats. Er entwickelte eine neue Philosophie, die zum Leitfaden der Firmenpolitik wurde. Hiernach hatte die Loyalität in erster Linie dem Produkt und dann erst der Firma zu gelten. Nach Robert Woodruffs Einstieg zogen die Verkäufe von Coca-Cola-Sirup schlagartig wieder an. Ein Aufsichtsratsmitglied meinte damals:

„Candler hat uns auf die Füße gestellt – Robert Woodruff hat uns Flügel verliehen, um weltweit erfolgreich zu werden."

Zwar in kleinerem Rahmen, aber mit vergleichbarem Einsatz, hat auch Günter Meidinger einiges bewirkt. Der Vorteil innerhalb der Familie ist in der unterschiedlichen Ausrichtung der Brüder Wolfgang und Günter begründet. Sie ergänzen sich in idealer Weise. Der gradlinige Wolfgang liegt in der Tradition des Schuhherstellers, der visionäre Bruder ist ein Vertriebsspezialist mit dem Weitblick für zukünftige Entwicklungen und sowohl stationär mit MeDi (Meidinger Discount) als auch mit seinem Onlineshop erfolgreich.

Synergie-Effekte durch unterschiedliche Interessen und Fähigkeiten sind sicherlich Motivatoren in einem Familienunternehmen. Auch in der Tradition der Meidingers war es selbstverständlich –

das Beispiel des Hochadels vor Augen –, das Unternehmen regelmäßig nur an eines der Kinder weiterzugeben. Grundsätzlich ist dies für alle von der Unternehmensnachfolge ausgeschlossenen Kinder frustrierend. Gleichwohl wird die Regel sowohl in der Landwirtschaft als auch in anderen Unternehmen akzeptiert, weil der im ungeteilten Erbe liegende Vorteil als bedeutend empfunden wird. Alle Beteiligten kennen von Geburt an diese Nachfolgeregel und wissen, woran sie sind. Es gibt allerdings immer wieder Beispiele für die Richtigkeit folgender Feststellung: Erstens kommt es anders – und zweitens als man denkt! So war bei den Kennedys nicht der später legendäre John F. sondern sein älterer Bruder für das Präsidentenamt vorgesehen; dieser ist jedoch im Zweiten Weltkrieg gefallen, sodass sein jüngerer Bruder in die Politik eingeführt wurde und später Präsident werden konnte. Auch die langjährige Queen Elizabeth II. ist nur durch den Thronverzicht ihres Onkels Thronfolgerin geworden. Der erste Sohn und vorgesehene Nachfolger von Günther Quandt, einem der bedeutendsten Unternehmer des 20. Jahrhunderts, verstarb früh, sodass aus seiner ersten Ehe mit Antonie Sohn Herbert für viele Geschäftsfelder sein Nachfolger wurde. Harald, der Sohn aus zweiter Ehe mit Magda, der späteren Frau Goebbels, erbte die übrigen Bereiche. Da es sich um ganz unterschiedliche Unternehmen handelte, gab es keine Probleme.

In unserer Geschichte der Meidingers war Wolfgang als einziger Nachfolger vorgesehen. Für einen linearen Branchen- und Firmenverlauf war er sowohl fachlich als auch persönlich geeignet. Im Wandel der Zeit hätte nichts Besseres passieren können, als die von den Banken geforderte Hereinnahme von Günter. In unserem Fall akzeptieren sich die Brüder mit ihren unterschiedlichen Aufgabenbereichen, sodass die „Doppelspitze" positiv ist.

Überwiegend haben im Unternehmen tätige Gesellschafter eine andere Interessenlage als nicht tätige. Die tätigen Gesellschafter erwarten eine angemessene Vergütung und belassen darüber hinaus Gewinne gerne im Unternehmen, während Gesellschafter ohne berufliche Bindung zum Unternehmen oftmals eine hohe Ausschüttung favorisieren.

Es gibt genug Werte, die von den Familienmitgliedern Meidinger geteilt werden; dennoch ist es richtig und wichtig, dass ein Gesellschaftervertrag vorhanden ist. Die Meidingers sprechen in diesem Zusammenhang gerne von „Hygienefaktoren". Solche müssen in korrekter Form vorhanden sein, ohne die „Motivatoren" ersetzen zu können. Wolfgang erklärte dies an einem Beispiel: „Als wir uns für zwei neue Autos entschlossen haben, übrigens wir fahren beide das gleiche Modell mit vergleichbarer Ausstattung, motivierten uns die Fahrleistung, die Familientauglichkeit und natürlich die Optik. Dies waren für uns die Motivatoren. Den korrekten Kaufvertrag mit dem akzeptablen Kleingedruckten hielten wir für notwendig, also für einen Hygienefaktor, der unsere Kaufentscheidung jedoch nicht beeinflusst hat."

Zum Abschluss meiner Überlegungen zum Thema „Familienstrategie der Meidingers" vergleiche und bestätige ich die von Prof. Peter May aufgestellten Merkmale starker Unternehmerfamilien:

- übereinstimmende Werte,
- übereinstimmende Ziele,
- übereinstimmendes Rollenverständnis,
- Unternehmensinteresse vor Familieninteresse; Fairness,
- gegenseitige Unterstützung,
- Abwesenheit von Neid,
- gemeinsame Aktivitäten,
- individuelle Freiräume und gegenseitiger Respekt; Offenheit, Vertrauen und die Bereitschaft, sich den kritischen Themen zu stellen.

Anlage- und Unternehmens-Strategien am Beispiel der Unternehmer Flick – Quandt Kennedy – Buffett – Tepper

Wer über seine Anlagestrategie nachdenkt, überlegt auch, ob er sich am Grundkapital einer Gesellschaft beteiligen möchte. Dies ist u. a. durch den Erwerb von Aktien möglich. Als Aktionär ist man berechtigt, an der jährlichen Eigentümerversammlung (Hauptversammlung) teilzunehmen und das Stimmrecht auszuüben, wenn man es nicht an seine Bank bzw. einen Aktionärsverein übertragen hat. Eine mögliche Dividende als Zinsersatz ist vom Bilanzgewinn der AG abhängig. Zu bedenken ist, dass Aktien, die an der Börse gehandelt werden, Kursschwankungen unterliegen, denn die Börse ist keine Einbahnstraße mit ständig steigenden Aktienkursen. Allerdings sind auch andere Geldanlagen risikobehaftet, sodass es durchaus ratsam ist, Aktien im Portfolio zu haben, ohne alles auf eine Karte zu setzen. Der besonnene Anleger wird wichtige Börsenregeln beherzigen; dazu gehört die Erkenntnis – Gewinne laufen lassen – Verluste begrenzen. Der Nicht-Börsenprofi ist gut beraten, in Investmentfonds zu investieren. Durch die Streuung des Fondsvermögens auf viele Wertpapiere können starke Wertschwankungen meist vermieden werden, und ein Totalverlust des eingesetzten Kapitals ist im Gegensatz zur Direktanlage in Aktien kaum möglich. Vorsicht ist geboten, wenn der Anleger angebotene Finanzprodukte gar nicht kennt. Vor großen Finanzkrisen wurden oft immer neue Finanzprodukte entwickelt und angeboten, deren Zusammensetzung selbst Insidern in letzter Konsequenz nicht bekannt war. Investmentbanker führen ein Eigenleben, und nur wer sich im Dschungel der Kapitalmärkte zurechtfindet oder gar die Richtung vorgibt, kann gewinnen.

Grundsätzlich können wir Unternehmensstrategien nach den Begriffen monokausal – auf einer Ursache, zum Beispiel Schuhe, beruhend – und polytrop – vielfältig und anpassungsfähig – unterscheiden.

Der Hendl-König Friedrich Jahn titelte „Ein Leben für den Wienerwald". Entsprechend könnten die Meidingers sagen: Einmal Schuhe, immer Schuhe. Solche Unternehmer gehören sicherlich wie viele andere, die in dieser Arbeit beschrieben werden, zu den Monokausalisten. Diese konzentrieren sich im Wesentlichen oftmals über Generationen auf einen Geschäftszweig.

Die polytrope Gruppe passt sich den Möglichkeiten an und engagiert sich, je nach Erfolgsaussicht, in ganz unterschiedlichen Bereichen. Wir zeigen dies an den Aktivitäten der Unternehmer Günther Quandt und Friedrich Flick, der an seinem Lebensende 103 Mehrheits- und 227 beträchtliche Minderheitsbeteiligungen hinterließ.

Schließlich schauen wir in das Mutterland des Kapitalismus mit seinen „unbegrenzten Möglichkeiten" und finden neben vielen interessanten Unternehmerpersönlichkeiten Joseph Patrick Kennedy, Warren Buffett und David Tepper. Diese können als Investmentunternehmer bezeichnet werden, weil sie kaum oder gar keine produktiven unternehmerischen Tätigkeiten mit dem Ziel der Warenherstellung zeigen, sondern hauptsächlich oder ausschließlich spekulativ an den Finanzmärkten tätig sind.

Quandt – Flick

Kurz vor Ende des Ersten Weltkrieges, im Oktober 1918, zog der 37-jährige Textilmagnat Günther Quandt nach Berlin. Quandt litt unter dem Niedergang seines geliebten deutschen Kaiserreichs. Die Tuchfabriken der Familie Quandt, in Brandenburg angesiedelt, hatten Tausende von Uniformen für die Armee produziert. Quandt hatte im Krieg genug Geld verdient, um sich darüber Gedanken zu machen, auch in anderen Branchen zu investieren. Als Erstgeborener einer bekannten Tuchfabrikanten-Familie war er als Nachfolger seines Vaters vorbestimmt. Nachdem er entschlossen war, den Familiensitz dauerhaft nach Berlin zu verlegen, folgten ihm seine Frau Antonie und die beiden Söhne Hellmut und Herbert. Antonie war Quandts große Liebe, sodass ihr früher Tod mit nur 34 Jahren im Jahre 1918 für ihn ein ebenso schmerzliches wie einschneidendes Ereignis war. Auch sein ältester Sohn Hellmut wurde nur 19 Jahre alt und verstarb bereits 1927, sodass Herbert (1910–1982), der spätere Mehrheitsgesellschafter von BMW, die Quandt-Familiendynastie am nachhaltigsten prägte.

In zweiter Ehe war Günther Quandt (1881–1954) mit Magda Rietschel verheiratet; gemeinsam hatten sie den Sohn Harald (1921–1967). Allerdings wurde die Ehe geschieden, und Magda heiratete den NS-Propagandaminister Joseph Goebbels.

Herbert Quandt war in dritter Ehe mit Johanna Bruhn (1926–2015) verheiratet. Beide gemeinsamen Kinder Susanne Klatten, geb. 1962, und Stefan Quandt, geb. 1966, vereinen 46,7 % der BMW-Stammaktien auf sich.

Wie schon zu Großvaters Zeiten ist die Familie Herbert Quandt mit allen Verzweigungen – Herbert hinterließ sechs Kinder von drei Ehefrauen – breit aufgestellt. Neben BMW gibt es das Engagement im Chemie-Unternehmen ALTANA, beim Carbonhersteller SGL und beim Windanlagenbauer Nordex und andere mehr. Der früh verstorbene Harald Quandt und seine Frau Inge hatten fünf gemeinsame Töchter. Obwohl alle in Bad Homburg ansässig, sind die Vermögen streng getrennt – dennoch ist man an guter Nachbarschaft interessiert.

Der Zweig Harald Quandt betreibt eher ein klassisches Vermögensmanagement mit Immobilienexperten.

Mitte 1955 wurden bei der Daimler-Benz AG zwei neue Aufsichtsratsmitglieder gewählt. Es handelte sich um die neuen Großaktionäre Herbert Quandt und Friedrich Flick. Herbert Quandt konnte auf einen Anteil von 3,85 %, die er und sein Bruder Harald von ihrem Vater Günther geerbt hatten, verweisen. Für die eigentliche Überraschung der Hauptversammlung sorgte Friedrich Flick, der über einen Anteil von 25 % und damit eine Sperrminorität verfügte.

Er gehörte zu den Großindustriellen, die ihren Aufstieg in nur einer Generation geschafft hatten. 40 Jahre zuvor, im Jahre 1915, begann seine Karriere als Vorstandsmitglied bei der Charlottenhütte in Niederschelden; dabei scheute er sich nicht, mit dieser Firma Insidergeschäfte zu machen und sich mit den Gewinnen bei der Charlottenhütte einzukaufen, bei der er schließlich Mehrheitsgesellschafter und Generaldirektor wurde. Im Flick-Prozess wurde er zu einer Haftstrafe von sieben Jahren verurteilt. Mit der beschriebenen Aktion bei der Daimler-Benz AG begann sein Wiederaufstieg in der BRD. Seinem Wunsch, wie auch schon bei der Charlottenhütte, Mehrheitsaktionär zu werden, stand die andere wohlhabende Unternehmensdynastie Quandt im Weg. Das Engagement dieser beiden Giganten ließ den Daimlerkurs in die Höhe schnellen.

Ein anderer Spekulant, der Holzkaufmann Hermann Karges, der 8 % an Daimler hielt, wollte an eine der beiden Parteien für den doppelten Kurswert verkaufen. Die Quandt-Brüder und Flick lehnten das Angebot des Spekulanten ab, sodass dieser erheblich günstiger verkaufen musste, und schließlich konnten sich die Quandts und Flick das Aktienpaket teilen. Ende 1959 war Flick mit einem Anteil von 40 % größter Daimleraktionär. Zu diesem Zeitpunkt drohte dem Daimlerkonkurrenten im Nobelkarossenbereich, der BMW AG, die Pleite. Dieses Schicksal hatte bereits den Bremer Autobauer Borgward ereilt. Herbert Quandt informierte seinen Bruder Harald, dass er auf eigene Rechnung BMW-Anteile kaufen würde, um sich selbst bei der Umstrukturierung des BMW-Konzerns einzubringen. Innerhalb von 10 Jahren war BMW saniert und mehr als 40 % der Unternehmensanteile in der Hand von Herbert Quandt, und auch 50 Jahre später können seine Kinder über diese Anteilshöhe verfügen.

Friedrich Flick starb 1972 als reichster Mann Westdeutschlands und einer der fünf reichsten Männer der Welt. Er ist bis heute der wohl erfolgreichste Investmentunternehmer Deutschlands, der nach seinem Tod mit 103 Mehrheits- und 227 beträchtlichen Minderheitsbeteiligungen aufwarten konnte.

Kennedy

Joseph Patrick Kennedy (1888–1969), der Vater des US-Präsidenten John Fitzgerald, begann als Bankier und wurde zu einem der reichsten US-Bürger, weil er ein brillanter Spekulant, aber auch ein Börsenmanipulator war. Mit seinen Spekulationsgewinnen versuchte er sich, allerdings weniger erfolgreich, auch als Werftdirektor und Filmproduzent. Nachdem Joseph Patrick Kennedy 1912 seinen Universitätsabschluss in Harvard gemacht hatte, begnügte er sich zunächst mit dem Posten eines Angestellten in der Columbia Trust Company, einer kleinen Boston-irischen Bank. Diese hatte sein Vater zusammen mit 16 anderen 1892 gegründet. Als Kundenberater erhielt er Einblick in die Geheimnisse von u. a. Insidergeschäften, Shortverkäufen und Poolbildung. Schon nach kurzer Zeit als Bankangestellter wechselte Joseph Kennedy an eine Staatsbank und übernahm die Aufgaben eines Bankprüfers. Auch hier bekam er besondere Einblicke und erfuhr Ende 1913, dass die Columbia Trust Company von der First Ward National Bank übernommen werden sollte. Es gelang ihm, die Übernahme zu verhindern; daraufhin musste der Direktor der Columbia Trust Company, ein Übernahmebefürworter, seinen Rücktritt erklären. Am Dienstag, dem 20. Januar 1914, wurde Joseph Patrick Kennedy als Nachfolger der jüngste Bankdirektor, nicht nur in Boston, sondern im ganzen Land. Der Biograf Nigel Hamilton datierte Joseph Kennedys ersten großen Fischzug auf den Winter im Jahre 1923. Der Spekulant hatte einen Kredit von 24 TSD Dollar aufgenommen und Insiderinformationen genutzt, um einen Gewinn von 675 TSD Dollar mit Aktien der Pond Creek Coal Company zu erzielen. Mit diesem Geld eröffnete er ein eigenes Büro. Auf dem Firmenschild hieß es in großen Lettern „Bankier". Unterstützt von einer kleinen Gruppe Vertrauter bildete er Aktienpools und entwickelte dubiose Geschäftsmodelle mit gewaltigem Umsatzvolumen – viele Anleger verloren ihre Einsätze. Der Umgang mit hohen Summen und seiner „wundersamen Vermögensmehrung" durch geschicktes Operieren, Manipulieren und Spielen war Joe

Kennedys Metier. Er hatte eine besondere Affinität zu Geld; der Umgang damit verschaffte ihm nicht nur Befriedigung, sondern auch die Möglichkeit, in der Politik mitzumischen und Einfluss zu gewinnen.

Im Dezember 1937 wurde Joseph Patrick Kennedy amerikanischer Botschafter in London. Damit hatte er einen der Posten mit dem größten Prestige ergattert, die Präsident Roosevelt zu vergeben hatte. Als einer der reichsten Männer Amerikas konnte er ein gigantisches politisches Netzwerk betreiben, denn den Posten in London sah er lediglich als eine Zwischenstufe an. Jetzt konnte er seinen Söhnen eine herausragende Startposition mit internationalen Kontakten bieten. Sie waren vorgesehen und wurden vom Vater instrumentalisiert, um höchste Ämter, auch das Präsidentenamt, zu besetzen. Der Mythos Kennedy sollte eine Ewigkeitsperspektive erhalten. Unsterblichkeit ist schließlich der älteste Traum der Menschheit. Bereits Josephs Mutter Mary hatte sich in den Kopf gesetzt, aus ihrem Sohn eine Erfolgsmaschine zu machen. Sie war es, die die Formel prägte: Siegen, siegen, siegen!

Die Anhäufung von Reichtum durch Finanzgeschäfte half dabei ebenso wie die notwendige Skrupellosigkeit.

Warren Buffett

Man nennt ihn ehrfurchtsvoll „Das Orakel von Omaha". Sein Name: Warren Buffett, geb. am 30. August 1930 in Omaha, Nebraska.

Buffett ist Großinvestor und wurde als solcher einer der reichsten Männer der Welt. Er steht immer noch an der Spitze seiner Beteiligungsgesellschaft BERTZSHIRE HATHAWAY, und dies ganz unspektakulär. Als geschickter Analyst legt er wenig Wert auf

Computer – Rechner oder andere technische Hilfsmittel. Vielmehr beschäftigt er sich mit Printveröffentlichungen, um auf unterbewertete Unternehmen aufmerksam zu werden, in die er mit seltenem Geschäftsinstinkt investiert. Buffett wohnt seit über 60 Jahren im selben Haus. Von seinem wirklichen Reichtum erfuhren seine Kinder erst beim Lesen des Forbes-Magazins. Seine Strategie hat der US-Starinvestor folgendermaßen zusammengefasst:

„Aktien sind einfach. Man kauft bloß Anteile an einem großartigen Unternehmen mit höchst integerem und fähigem Management für weniger, als es seinem inneren Wert entspricht. Dann behält man diese Anteile für immer."

Somit ist der Kern von Warren Buffetts Anlagestrategie das Value-Investing, also der Kauf unterbewerteter Aktien.

Diese Strategie wird als „high end forever" bezeichnet: Entscheidend ist der Einstieg bei den „richtigen" Unternehmen, ein Gespür, das nur die wenigsten haben. Danach setzt man auf das langfristige Wachstumspotenzial und reagiert nicht auf Kursschwankungen.

David Tepper

Nachdem am 15. September 2008 die Investmentbank Lehman Brothers pleiteging, und in der Folge auch die Kurse weiterer Banken weltweit teils dramatisch fielen, drohte eine globale Wirtschaftskrise.

Die Regierungen der kapitalistischen Länder durften keine weiteren systemrelevanten Banken untergehen lassen. Dies erkannte der US-Investmentexperte David Tepper. Für seine Fonds kaufte er Aktien von strauchelnden US-Banken mitten in der US-Krise. Er lag richtig – die Regierung stützte die Banken, und die Kurse stiegen wieder an. Der Investment-Unternehmer David Tepper hat das Desaster genutzt und 4 Milliarden US-Dollar damit verdient.

Epilog

Im Grunde sind es immer die Verbindungen mit Menschen, die dem Leben seinen Wert geben.
(Humboldt)

Lieber Karl,

Du erinnerst Dich vielleicht an unsere erste Kurzbegegnung anlässlich des Neujahrsempfangs der Industrie- und Handelskammer 2018. Wir waren beide nicht in einer Gesprächsgruppe integriert, und ich war froh, dass Du auf mich zugingst und Deine Hand zum Gruß mit den Worten ausgestreckt hast:

„Mein Name ist Meidinger, ich bin Pfälzer Schuhunternehmer. Darf ich Sie fragen, was Sie machen?"

„Ich bin freier Journalist" – nach dieser Aussage wenden sich meine Gegenüber häufig ab, weil Journalisten im Verruf stehen, zu viele Fragen zu stellen. Du hingegen schienst angenehm überrascht und wolltest wissen, ob ich auch über diese Veranstaltung berichte. Ich verneinte unter Verweis auf meinen Ruhestand, erklärte aber, dass ich aus alter Gewohnheit heraus immer noch regelmäßig Einladungen von der Industrie- und Handelskammer bekomme. Ergänzend fügte ich hinzu, dass ich gelegentlich Unternehmerbiografien schreibe. Nach dieser Aussage schienst Du, lieber Karl, verblüfft, und meintest triumphierend: „Dann ist unsere Begegnung kein Zufall. Auch ich habe vor, die Geschichte der Schuhfabrik Meidinger aufschreiben zu lassen, und vielleicht können Sie mir dabei helfen." Einerseits warst Du mir sofort sympathisch, andererseits war ich hauptsächlich an den sogenannten Hidden Champions, die ihre Unternehmen nach 1950 gegründet haben, interessiert. Allzu oft fällt meiner Generation die Rolle der Erinnerungsbewahrer zu, die ständig an die Nazi-Vergangenheit zu erinnern haben. Ohne die Geschichte Deines Unternehmens zu kennen, wusste ich nach einer Recherche über Romika-Schuhe – Werbeslogan: Romika tragen – Wohlbehagen – um die braune Vergangenheit auch der Schuhbranche.

Heute bin ich froh, dass wir uns näher kennengelernt haben und unser erstes Treffen im „Rebenhof" am Deutschen Weintor zustande kam. Wir hatten uns zunächst aus den Augen verloren und mussten uns neu kennenlernen. Die intensive Zusammenarbeit mit Dir und Deinen Söhnen hat auch mir persönlich viel gebracht.

Lieber Karl, Du hast in Deiner strukturierten Art Deine Erinnerungen an den Biografien und dem Parteienumfeld der auf den ersten Kanzler Adenauer folgenden sieben Kanzler und einer Kanzlerin festgemacht. Dabei hast Du die repräsentativen Aufgaben und die Persönlichkeiten unserer 12 Bundespräsidenten nicht unterschätzt.

Immer wieder unterhalte ich mich mit meiner Lebensgefährtin Elvira über die „verschiedenen Leben", die wir Bürger der Bundesrepublik Deutschland zur gleichen Zeit in unserem gemeinsamen Land führen. Dabei unterscheiden wir zwischen parallelen Leben, bei denen es praktisch keine Schnittpunkte gibt, und vernetzten Biografien mit ganz unterschiedlicher individueller Gewichtung.

Elvira schreibt die Geschichte ihrer Musikbranche vom aufkommenden Rock'n'Roll, insbesondere ihrem Fachgebiet, der Neuen Deutschen Welle, derzeit nieder, wobei sie sehr viele Klienten und persönliche Bekanntschaften einführen kann.

Du, lieber Karl, bist ein typischer Vertreter der produktbezogenen Familienunternehmer. Dabei hast Du Dir einen klaren Blick insbesondere für die wirtschaftliche Entwicklung unserer Bundesrepublik Deutschland bewahrt, die mit der Verkündung des Grundgesetzes einherging und bei der wir das Gründungsdatum auf den 23. Mai 1949 legten; es folgte die Gründung der Deutschen Demokratischen Republik am 7. Oktober 1949. Schon am 20. Juni 1948 war die D-Mark eingeführt worden, die als Symbol für ein beispielloses Wirtschaftswachstum der ersten Jahre steht. Diese Zeit war für Euch Hauensteiner Schuhfabrikanten eine Blütezeit. Nicht nur Ihr, sondern das ganze Land musste ab Mitte der 60er Jahre des 20. Jahrhunderts lernen, dass ein unvergleichlicher Aufschwung, als Wirtschaftswunder bezeichnet, nicht ewig währen konnte. Du hast nachhaltig daran erinnert, dass die Republik in den Jahren 1966/67 ihre erste richtige Rezession erlebte. Auch der Wettbewerb hatte sich nach der Zurückführung der Zölle in der Europäischen Wirtschaftsgemeinschaft verschärft.

Welche wichtige Rolle die ökonomischen Gegebenheiten im Geschichtsverlauf spielen, zeigte sich Ende der 1980er Jahre, als es den Anschein hatte, dass die kapitalistische freie Marktwirtschaft für immer die kommunistisch-sozialistische Planwirtschaft besiegt hatte. Das hatte zur Folge, dass am 18. Mai 1990 der Staatsvertrag zur Währungs-, Wirtschafts- und Sozialunion zwischen der Bundesrepublik Deutschland und der DDR unterzeichnet werden konnte. Es folgte die Einführung der D-Mark zum 1. Juli 1990 in der DDR; die nicht für möglich gehaltene deutsche Einheit wurde am 3. Oktober 1990 feierlich vollzogen.

Ihr Hersteller und insbesondere mit Eurem Einzelhandel im angeschlossenen Grenzgebiet wart froh über die Einführung des Euros als Zahlungsmittel im Jahre 2002.

In diesem Zeitraum haben nicht nur Deine Söhne, sondern auch Du als älterer Mitbürger, die neue digitale Lebenswelt angenommen. Ein Leben ohne Internet, Google, YouTube, Facebook und Instagram ist für Euch mittlerweile unvorstellbar.

Auch im neuen Jahrtausend hatte die Wirtschaft mit Problemen, insbesondere auch mit Arbeitslosigkeit, zu kämpfen. Es war ausgerechnet der sozialdemokratische Kanzler Gerhard Schröder, der unter dem Stichwort „Agenda 2010" entscheidende Reformen auf den Weg brachte. Er hatte Peter Hartz, den Personalchef von VW, als Berater ausgewählt. Die Grundidee war, Arbeitslose zu fordern und zu fördern. Unter dem Zeichen „Hartz IV" bleibt diese Ära sicherlich noch lange im kollektiven Gedächtnis der Deutschen.

Dein Sohn Wolfgang, der Akademiker, hat verschiedene Aspekte in unsere gemeinsamen Gespräche eingebracht, die festgehalten werden müssen. Schon während seines Studiums hat er Freundschaften mit Kommilitonen nicht nur aus Deutschland und Europa, sondern auch aus den USA und Asien geschlossen, die er teilweise bis heute pflegt. Dabei hat er die Bedeutung der wirtschaftlichen Verflechtungen in nahezu allen Branchen im Besonderen und die Globalisierung, die kulturelle Unterschiede auf unserem Planeten enorm reduziert hat, im Allgemeinen fokussiert. Unsere Gesprächsrunde war sich einig, dass es gut wäre, wenn völlig neue Identitäten geschaffen würden. So könnten weltweit agierende Konzerne für ihre Mitarbeiter und Mitarbeiterinnen, egal, an welchem Standort sie eingesetzt sind, ein Wirgefühl entwickeln, sodass diese, frei von nationalen Grenzen, eine weltweit agierende große Familie bilden. In diesem Zusammenhang hat Wolfgang darauf hingewiesen, dass wir Menschen als Sippenwesen in intimen Gemeinschaften, z. B. „wir Hauensteiner – wir Meidingers" verankert sind. Dabei handelt es sich meist um überschaubare Gruppen, die von Wissenschaftlern auf 150 Individuen begrenzt werden, die wir wirklich persönlich kennen. Wolfgang, der nationale und internationale Schuhmessen besucht hat, berichtete von der weltweiten Großfamilie der Shoemaker – er hat sich immer dazugehörig gefühlt. Dabei handelt es sich um die gute alte Offline-Welt, also physische Gemeinschaften, die eine menschliche Tiefe erreichen, was virtuellen Gemeinschaften nicht möglich ist. Schließlich, betonte Wolfgang, sind wir Menschen körperliche Wesen und keine vernetzten Konstrukte. Hier hatte Günter die Augenbrauen hochgezogen, seinem Bruder tief in die Augen geguckt und bedeutungsvoll eingeworfen: „Noch nicht." Im Nachsatz erinnerte er an die aufkommende künstliche Intelligenz, die Fluch und Segen für die Menschheit werden kann, in jedem Fall aber beherrschbar sein muss. Du, lieber Karl, hast an dieser Stelle daran erinnert, dass wir neben der Fixierung auf unsere Computer und Smartphones nicht übersehen dürfen, was draußen auf den Straßen passiert.

Ein junger Mann hatte einen großen Traum, er wollte die Menschheit online zusammenführen. Mark Zuckerberg hatte den großen Überblick und nutzte Entwicklungen aus dem militärischen Bereich, um Facebook zu etablieren.

In seinem Manifest von 2017 erklärt Zuckerberg, Online-Gemeinschaften würden dabei helfen, Offline-Gemeinschaften zu stärken – so würden Verbindungen online gepflegt, um sich im realen Leben regelmäßig auch persönlich zu treffen.

Die Brüder Meidinger hatten ein schockierendes Erlebnis, als sie gemeinsam auf einer Geschäftsreise waren. Auf dem Flug von Paris nach Miami im Jahr 2001 kam es zu einem dramatischen Ereignis, welches alle Passagiere in Todesangst versetzte. Ein Terrorist hatte in der Schuhsohle einen Sprengsatz versteckt, mit der er die Maschine zur Explosion bringen wollte. Er konnte überwältigt werden, aber jedem Anwesenden war klar, dass in der Offline-Welt jederzeit mit ideologischen Massenidentitäten gerechnet werden muss. Diese können faschistische, sozialistische oder religiöse Mythen als Hintergrund haben. Da es immer darauf ankommt, was Menschen daraus machen, können sich enorme Konfliktpotenziale entwickeln.

Als Christian Meidinger 1968 nach Karlsruhe kam, erreichte die Studentenbewegung in der Bundesrepublik und Westberlin ihren Höhepunkt. Vom Zeitgeist des Aufbegehrens der Nachkriegsgeneration wird auch der sensible Christian erfasst. Ausgehend vom SDS (Sozialistischer Deutscher Studentenbund) mit dessen Forderung nach mehr Mitbestimmung und beflügelt durch eine große Koalition in Bonn, entstand die APO (Außerparlamentarische Opposition). Die Jugend forderte Reformen und war radikal gegen die Notstandgesetze und den Vietnamkrieg.

Im Fokus der Revolte steht der charismatische 27-jährige Rudi Dutschke; dieser wird auch von Christian Meidinger bewundert. Was bereits damals vermutet wurde, ist heute Gewissheit: Die 68er waren keine homogene Gruppe, und die einzelnen Gruppierungen der Bewegung haben sich in den 70er und 80er Jahren des vorigen Jahrhunderts ganz unterschiedlich entwickelt. Für die Meidingers habe ich mich als Journalist zu fragen, welcher Gruppierung Christian im Wesentlichen zuzuordnen war.

Die utopische Kraft von Rudis Ideen veranlasst einige, ihn für den Terror der RAF verantwortlich zu machen; andere sehen, dass dieser politische Visionär sein Handeln letztlich von Humanität und solidarischer Zuwendung abhängig machte, was ihn zum Vorreiter der Friedens- und Umweltbewegung qualifizieren würde. Für letztere These spricht die Tatsache, dass Rudi Dutschke im Januar 1980 zum Gründungskongress der Grünen fahren wollte, was durch seinen zu diesem Zeitpunkt unerwarteten Tod am 24.12.1979 unmöglich wurde. In jedem Fall war Dutschke Reizfigur, nicht nur für traditionelle Marxisten, sondern besonders für das Bürgertum in der Bundesrepublik Deutschland und Westberlin, welches keineswegs antiamerikanisch war, sondern diesem dankbar für die Befreiung vom Nationalsozialismus und die Hilfe beim Wiederaufbau. Den Krieg in Vietnam befürworteten allerdings die wenigsten.

Am 21. April 1968 löste das Attentat des Hilfsarbeiters Josef Bachmann vor dem SDS-Büro am Kurfürstendamm die bis dahin größten Osterunruhen aus. Wir wissen, dass Christian Meidinger, genau wie seine Tante, tief betroffen war.

Rudis Frau und Wegbegleiterin Gretchen Dutschke-Klotz, geb. 1940, lebte zwischen Hoffen und Bangen, nachdem ihr Ehemann die Gehirnoperation überlebt hatte. Es blieben zwar als Spätfolge des Attentats die unregelmäßig wiederkehrenden epileptischen Anfälle, aber Rudi Dutschke erhielt seine geistige Schaffenskraft für die nächsten 10 Jahre weitestgehend zurück, sodass er seine Doktorarbeit vorbereiten und als Gastdozent der Universität Groningen wirken konnte. Die Familie zog nach Dänemark; sein erster Sohn Hosea-Ché wurde 1968, seine Tochter Polly-Nicole 1969 geboren; Marek Dutschke erblickte drei Monate nach dem Attentat auf seinen Vater das Licht der Welt. Seinem besonderen Einsatz ist es auch zu verdanken, dass es heute in Berlin eine Rudi-Dutschke-Straße gibt, die sich sinnigerweise mit der Axel-Springer-Straße kreuzt – war doch die Axel-Springer-Presse ein absolutes Feindbild des SDS und der APO gewesen.

Spätestens seit Januar 1976 hatte Dutschke Kontakt zu den Atomkraftgegnern und nahm, wie Christian Meidinger und seine Tante, an Großdemonstrationen gegen Atomkraftwerke wie in Wyhl am Kaiserstuhl teil. Als freier Mitarbeiter verschiedener linksgerichteter Zeitungen hatte Dutschke auch zu Ulrike Meinhof Kontakt; letztere radikalisierte sich unter dem Einfluss von Andreas Baader, dem in der Szene fehlende intellektuelle Fähigkeiten nachgesagt wurden, die er jedoch durch extreme Brutalität ausglich.

Im Nachhinein waren die 70er Jahre des vergangenen Jahrhunderts, insbesondere wegen seines frühen Todes 1982, für Christian Meidinger von besonderer Bedeutung. Die Befreiung von Andreas Baader am 14. Mai 1970 wird zur Geburtsstunde der Roten Armee Fraktion (RAF). Zusammen mit Ulrike Meinhof und Gudrun Ensslin war Baader der wichtigste Kopf der ersten RAF-Generation. Angesichts einer Vielzahl von Höhepunkten, aber auch vieler Tiefpunkte handelte es sich auch allgemein um ein recht turbulentes Jahrzehnt.

Zur Befriedung der Republik hatte die Wahl des ersten sozialdemokratischen Kanzlers der Bundesrepublik, Willy Brandt, beigetragen. Sein Kniefall im damals noch zum Ostblock gehörenden Polen am 7. Dezember 1970 am Ehrenmal für die Toten des Warschauer Ghettos wurde zum Symbol einer neuen Ostpolitik. Willy Brandt erhielt 1971 den Friedensnobelpreis. Ein Jahr später sollten auch die Olympischen Spiele von 1972 in München als friedliche und heitere Spiele in die Geschichte eingehen; diese Sicht wurde von dem Überfall palästinensischer Terroristen auf das olympische Dorf, die Ermordung und Geiselnahme israelischer Teilnehmer und dem missglückten Befreiungsversuch zunichtegemacht.

Karl Meidinger, dem die Bedeutung von Hilfs- und Rohstoffen, insbesondere aber Energie für die Wirtschaft bewusst war, erlebte die Ölkrise im Herbst 1973 als Schock. Auch jetzt war Anpassung ein Gebot der Stunde. So reagierte beispielsweise die Automobilindustrie mit der Entwicklung einer neuen Fahrzeugklasse von für damalige Verhältnisse sparsamen Kompaktwagen. Für viele Jahre wurde der VW Golf zum „deutschen Meister" bei den Neuzulassungen. Die sportbegeisterte Familie Meidinger bejubelte wie die meisten Deutschen die Nationalmannschaft um Teamkapitän Franz Beckenbauer 1974 anlässlich des Gewinns der Fußballweltmeisterschaft.

Die ehemaligen 68er, zu denen wir auch Christian Meidinger zählen, erlebten einerseits eine zunehmende Radikalisierung insbesondere der RAF, aber auch einen immer größeren Zulauf der Friedensbewegung – der Widerspruch hätte kaum größer sein können.

Vorbild Rudi Dutschke verurteilt den RAF-Terror, bleibt aber solidarisch und verurteilt Haftbedingungen. Fast alle späteren Terroristen hatten eine SDS-Vergangenheit, Umwelt- und Friedensaktivisten suchten den demokratischen Weg, was 1980 zur Gründung der „Grünen" führte. Der ehemalige Straßenkämpfer

Joschka Fischer wurde in der ersten sozial-grünen Koalition Vizekanzler und Außenminister, während der oftmals als „Sheriff" bezeichnete Otto Schily das Innenministerium übernahm. So fanden sich viele ehemalige 68er in der Grünen-Partei wieder, andere auch am linken Flügel der SPD, in der bürgerlichen Mitte oder mutierten zu Rechtsgesinnten.

Wie sich Christian Meidinger entwickelt hätte, können wir heute natürlich nicht mit Bestimmtheit sagen. Als um größtmögliche Unabhängigkeit bemühter Journalist bin ich mir jedoch sicher, dass er aufgrund seiner gemäßigten, ausgleichenden Art bald bei den Grünen zu finden gewesen wäre.

In einem bekannten Song betont Udo Lindenberg, dass er „sein Ding machen werde", unabhängig von dem, was Andere sagen ebenso wie er seinen Weg gehen werde, ohne sich davon abbringen zu lassen.

Mit seinem Songtext beschreibt Udo Lindenberg die Vorgehensweise deines Sohnes Günter treffend. Durch meine Lebensgefährtin Elvira habe ich viele Musiker mit einer ähnlichen Einstellung getroffen. Viele dieser Namen sind mit dem Entstehen der Neuen Deutschen Welle Anfang der 80er Jahre verbunden.

Allen Zweiflern zum Trotz haben sich Günters Ideen meist als durchführbar und erfolgsversprechend erwiesen. Ich bewundere seine gradlinige, einfache Denkweise, die sich vor allen Dingen in der Bewertung von wirtschaftlichen Zusammenhängen zeigt. Er hat in einem unserer Pausengespräche anlässlich unserer ersten Begegnung gleich daran erinnert, dass die Deutschen 5 % ihrer privaten Konsumausgaben für Bekleidung und Schuhe ausgeben. Günter erklärte: „Wenn jemand bereit ist, die Ausgaben, die sein Haushalt jährlich für Bekleidung und Schuhe aufwendet, zu notieren, kann ich ihm am Ende des Jahres sagen, wie hoch sein Nettohaushaltseinkommen sein sollte, weil die ausgegebenen 5 % ein Zwanzigstel von 100 % verfügbarem Einkommen sind. Das Haushaltseinkommen muss also 20 Mal so hoch sein wie die Ausgaben für Bekleidung und Schuhe." Etwas verblüfft fragte ich damals, ob diese einfache Betrachtungsweise auch für betriebliche und öffentliche Haushalte gilt. Günters Antwort ebenso kurz wie eindeutig: „Ja, natürlich."

Eine weitere Überlegung, die Günter gerne thematisiert, wenn über soziale Gerechtigkeit gesprochen wird, nennt er selber ABBA-Erkenntnis. Dabei denkt er an den Song: „The Winner Takes It All". Auch in diesem Zusammenhang verblüffte er mich bereits mit seiner ersten Anmerkung zum Thema, als er sagte: „Fast alle schimpfen über die soziale Ungerechtigkeit und die Verteilung der großen Erträge auf wenige Personen – dabei spielen die meisten dieses im wahrsten Sinne des Wortes ‚Spiel' regelmäßig mit." Auch nach dieser Aussage muss ich einen ziemlich verblüfften, skeptischen Eindruck auf Günter gemacht haben. Dieser musste lachen und fragte: „Haben Sie noch nie Lotto gespielt? Hier geht es genau darum – viele Millionen zahlen ein, jeder träumt vom großen Gewinn, aber nur ganz wenige kommen in den Genuss eines solchen." Jetzt war Günter in seinem Element und führte weiter aus: „Viele diskutieren das Thema Soziale Gerechtigkeit, nicht wenige fordern gleichen Lohn, aber die wenigsten haben die Zusammenhänge erkannt. Die Entlohnung erfolgt nicht nach dem Aufwand und der Mühe, die für ein Gewerk aufgewendet wurden, sondern nach dem Ertrag, der erzielt wird." Um zu verstehen, was Günter meinte, musste ich unwillkürlich wieder an Elvira denken, die von Liedermachern berichtete, denen ein Song gewissermaßen innerhalb weniger Stunden zugefallen ist, mit dem sie nachher das große Geld gemacht haben. Denken wir nur an einen Torschützen, der in der Champions League in letzter Sekunde das Siegtor schießt – seine Mannschaft damit in die nächste Runde bringt – was dem Verein Millionen Zusatzeinnahmen beschert.

Oftmals habe ich mich gefragt, welchen Typ wir für unser wirtschaftliches Vorankommen benötigen: den Akademiker und wissenschaftlich denkenden Wolfgang oder das spontane Naturtalent Günter. Heute bin ich mir sicher, wir brauchen beide ebenso wie die Firma Meidinger!

Lieber Karl, ich komme zum Schluss meiner Überlegungen und freue mich, zunächst feststellen zu dürfen, dass das Leben unserer Generation und damit auch das Leben deiner drei Söhne in eine gute Phase der deutschen Geschichte fiel. Wenn man alles überdenkt, tun sich noch manche Fragen auf: Was ist gut gelaufen? Was wurde versäumt? Was hätte auch anders gehen können? Vor allen Dingen aber: Wem schuldet man Dank?
Ich habe mich bemüht, in diesem Bericht Antworten zu finden, war aber auch bereit, jederzeit Anmerkungen und Korrekturen zuzulassen.

In diesem Sinne und in tiefer Verbundenheit verbleibe ich ... als euer Freund
Manfred (Fred) Starke

Übersicht über die Personen

Personen

Vater Karl-Heinz Meidinger
Karl Meidinger geboren 1930
Betriebsübernahme 1957

Söhne:
Christian
(RAF-Sympathisant) 1952–1982
bei Geburt Vater 22,
Mutter 21 Jahre alt

Wolfgang (Nachfolger) geb. 1954
seit 1982 im Betrieb

Günter (MeDi) geb. 1956
verheiratet seit 1980

Lebenslauf Christian Meidinger

geboren am 25. Januar 1952, gestorben 1982
Erste Presse-Erwähnung bereits mit 12 Jahren als engagierter Sammler: „Brot für die Welt"
1968, mit 16 Jahren, Poster im eigenen Zimmer von Fritz Teufel und Rainer Langhans und erstes Interesse an der Außerparlamentarischen Opposition APO 1969; mit 17 Jahren Wegzug aus der Pfalz zu seiner Tante Erika nach Karlsruhe, die ihn als Gymnasiallehrerin schulisch förderte und, da alleinstehend, ihren Neffen und Patensohn gerne bei sich aufgenommen hat.

Das Jahr 1970 gilt als Geburtsstunde der RAF, als Ulrike Meinhof Andreas Baader zur Flucht verhalf und selbst in den Untergrund ging.
Tante Erika gestattete ihren Schülern, mit schulischen Problemen auch bei ihr zu Hause vorbeizukommen. Christian lernte daher auch Schüler der Oberstufe intensiver kennen, die ihm und seinen gleichaltrigen Freunden etwas über die Nazizeit, den Kapitalismus und Imperialismus und die Autorität der Staatsgewalt nahebrachten. Christian begann sich demzufolge mit 18 Jahren, also ab ca. 1970, für die Interessensgebiete dieser Jugendlichen zu interessieren.

Bis zum Jahre 1974 war Christian bereits stark in die Gedankenwelt der „linken Szene" eingebunden, ohne besonders in Erscheinung zu treten. Die Familie hat nie erfahren, zu welchem Zeitpunkt er engagierter Sympathisant geworden war; seine Radikalisierung durfte von 1974 bis 1977 erfolgt sein. 1974, seit dem 13. September, sind 40 Gefangene in den Hungerstreik getreten, um die Gleichstellung aller Gefangenen im Normalvollzug einzufordern.

Am 27. September wird der frühere Anwalt Horst Mahler wegen seines Übergriffs zur maoistischen KP aus der RAF ausgeschlossen.

Am 9. November stirbt Holger Meins nach neun Wochen Hungerstreik in der Haftanstalt Wittlich. Trotz Zwangsernährung konnte er nicht gerettet werden. Es folgten schwere Auseinandersetzungen mit der Polizei, weil die radikale Linke im Zusammenhang mit dem Tod von Holger Meins von Mord spricht und so ihre Anhänger mobilisiert.

Reale Persönlichkeiten

ABBA 128, 189
Albertz, Heinrich 63
Albrecht, Karl 108, 129–132, 141, 143
Albrecht, Susanne 44
Albrecht, Theo 108, 129–133, 141, 143
Allende, Salvador 58
Anastacia 43
Azzolla, Axel 55
Baader, Andreas 51, 52, 54, 55, 65, 66, 185, 193
Beatles 23
Beckenbauer, Franz 186
Becker, Verena 63
Bezos, Jeff 141, 142
Böll, Heinrich 105, 106
Bohlen-Halbach, Gustav von 107
Bohlen-Halbach, Arndt von 108
Boock, Peter Jürgen 52, 53, 65, 66
Brandt, Willy 185
Bruhn, Johanna 169
Brundage, Avery 114
Buback, Siegfried 50
Buffett, Warren 166, 168, 174
Busch-Jäger 56
Campino/Tote Hosen 42
Candler, Asa 161, 162
Canetti, Elias 113
Daimler 40, 56, 170, 171
Dassler, Gebr. 14, 93
Davis, Otis 27
Deichmann 87, 88
Dellwo, Karl-Heinz 63
Drenkmann, Günter von 58, 59

Dubček, Alexander 32
Dutschke, Marek 184
Dutschke, Polly-Nicole 184
Dutschke, Rudi 183, 184, 185, 186
Dutschke-Klotz, Gretchen 184
Dylan, Bob 22
Edison 142
Eckel, Horst 110
Eklöh, Herbert 120
Elizabeth II., Queen 163
Endicott 75, 76
Engels, Friedrich 33
Ensslin, Gudrun 51, 52, 65, 66, 185
Erhard, Ludwig 24
Faust, Dr. 48, 49
Fischer, Joschka 186
Flick 56
Flick, Friedrich 56, 166, 168–171
Fools Garden 40
Fütterer, Heinz 27
Garanca 43
Gibran, Khalil 53
Goebbels, Magda 56, 164, 169
Goebel, Lutz 148, 151
Göbel, Wolfgang 50
Greiser, Arthur 55
Grießer & Lang 81
Haag, Siegfried 50
Häfele, Helmut 28
Halmich, Regina 40
Hamilton, Nigel 172
Harry, Armin 28
Hartz, Peter 18
Hausner, Siegfried 63
Heißler, Rolf 63
Hengelbrock, Thomas 43

Hengsbach, Franz 119
Herberger, Sepp 110, 111
Heuss, Theodor 24
Heynckes, Jupp 111
Hillegaart, Heinz 63
Hitler, Adolf 19, 22, 49, 121
Hoffman & Hoffmann 40
Humboldt 177
Ignatova, Dr. Rujy 49
Johnson 75, 76
Jürgens, Udo 43
Kaiser, Peter 156, 157, 158
Kamprad, Ingvar (IKEA) 128
Karges, Hermann 171
Kaufmann, Charly (Leichtathlet) 26, 27, 28
Kaufmann, Jonas (Sänger) 43
Kennedy, John F. 163
Kennedy, Joseph Patrick 166, 168, 172, 173
Kennedy, Mary 173
Klar, Christian 17, 65, 66
Klar, Christian: Familie 65
Klatten, Susanne 169
Klotz, Karl-Heinz 27
Knörzer, Lothar 27
König, Diana 40
König, Siegfried 27
Kohl, Dr. Helmut 103
Kohlmeyer, Werner 110
Krabbe, Hanne 63
Kröcher-Tiedemann, Gabriele 63
Krupp 55, 56, 106, 107
Krupp, Alfred 107, 108
Krupp, Bertha 106
Krupp, Friedrich 107
Krupp, Friedrich Alfred mit Ehefrau Margarete 107
Krupp von Bohlen-Halbach, Alfred 107, 108

Langhans, Rainer 193
Le Corbusier 68
Lehmann Brothers 48
Lehmann, Werner 40
Liebrich, Werner 110
Lindenberg, Udo 188
Lippens, Willy 111
Lorenz, Peter 62, 63
Mann, Hugo 86, 120
Mahler, Horst 194
Marx, Karl 33
Mauser 56
May, Peter Prof. 165
McCartney, Paul 121
Meinhof, Ulrike 51, 54, 55, 64, 65, 66, 185, 193
Meins, Holger 59, 63, 194
Merkel, Dr. Angela 148
Meyfarth, Ulrike 114
Mirbach, Andreas von 63
Mittermaier, Rosi 127
Mohnhaupt, Brigitte 17, 65, 66
Müller, Michaela, geb. Zöttler mit Ehemann Georg 152
Mutter, Anne-Sophie 43
Netrebko 43
Nixon, Präsident 36
Oetker, Richard 137
Pemberton, John S. 161
Phuc, Kim 58
Plambeck, Juliane 35
Pohle, Rolf 63
Ponto, Jürgen 51
Porsche 56
Porter, Gregory 43
Presley, Elvis 38
Quandt 55, 169, 171
Quandt, Antonie 169

Quandt, Günther 56, 163, 168, 169
Quandt, Harald 56, 169, 170, 171
Quandt, Hellmut 169
Quandt, Herbert 59, 169, 170, 171
Quandt, Inge 170
Quandt (Goebbels), Magda geb. Rietschel 56, 164, 169
Quandt, Stefan 169
Rahn, Helmut 110, 111
Rau, Walter 129
Raspe, Jan-Carl 51, 52, 65
Robinson, Frank 161
Rössner, Bernhard 63
Rolling Stones/Mick Jagger 23, 16
Roosevelt 173
Rockefeller 49
Rühmann, Heinz 14
Sachs, Hans 14
Sand, Theodor + Ehefrau 52
Schily, Otto 186
Schleyer, Hanns Martin 51, 52
Schröder, Gerhard 180
Schulz, Adelheid 1017, 65
Seibel, Anton 155, 158
Seibel, Carl-August 155, 158
Siepmann, Ingrid 63
Simon, Hermann Prof. 148
Snoek, Egbert 120, 134
Snoek, Hendrik 134, 135, 136
Sonnenberg, Günter 65
Spitz, Mark 114
Springer, Axel 184
Stalin 49
Sting 42
Strauß, Franz Josef 56
Taufer, Lutz 63
Teufel, Fritz 193

Tepper, David 168, 175
Thyssen, Fritz 57
Turek, Toni 110
Villazon 43
Voigt, Wilhelm 14
Volkerts, Knut 65
Walter, Fritz 27, 110, 111
Walter, Ottmar 110
Walton, Sam 140, 141
Weisweiler, Hennes 112
Welschinger, Helmut 28
Wessel, Ulrich 63
Woodruff, Ernest 162
Woodruff, Robert 162, 161
Wurster, Georg 50
Zimmermann, Eduard 119, 136
Zimmermann, Herbert 110
Zlof, Dieter 137
Zöttler, Herbert 152
Zöttler, Niklas 152

Der Autor

Fred Starke wurde 1950 in Mönchengladbach geboren. Nach dem Realschulabschluss besuchte er die Wirtschaftsoberschule. Er erwarb den Kaufmannsgehilfenbrief und absolvierte ein Studium zum Personal- und Marketingfachkaufmann. Zunächst arbeitete er als Assistent der Geschäftsleitung eines Einzelhandelsgroßbetriebs, anschließend als Filialgeschäftsführer.
 Selbstständig tätig war er seit 1982 im Bereich Marketing und Einzelhandel. Er wurde in einem allgemeinen und einem Fachverband zum Vorsitzenden gewählt.Schon in den 60er Jahren war Starke hauptverantwortlich für eine Schülerzeitung und seit 1982 für die Konzeption von Werbemitteln. Mittlerweile blickt der Autor auf einige Veröffentlichungen zurück, allesamt Sachbücher, eingesetzt in eigenen Unternehmen und dem dazugehörigen Verband. Starke über sich selber: „Einzuordnen bin ich in die große Gruppe der Familienunternehmer, die nach einem Statement der Altkanzlerin Angela Merkel ‚das Erfolgsmodell der sozialen Marktwirtschaft prägen'." Fred Starke lebt heute im Landkreis Karlsruhe, ist verheiratet und liebt den Pferdesport.

novum VERLAG FÜR NEUAUTOREN

Der Verlag

*Wer aufhört
besser zu werden,
hat aufgehört
gut zu sein!*

Basierend auf diesem Motto ist es dem novum Verlag ein Anliegen, neue Manuskripte aufzuspüren, zu veröffentlichen und deren Autoren langfristig zu fördern. Mittlerweile gilt der 1997 gegründete und mehrfach prämierte Verlag als Spezialist für Neuautoren in Deutschland, Österreich und der Schweiz.

Für jedes neue Manuskript wird innerhalb weniger Wochen eine kostenfreie, unverbindliche Lektorats-Prüfung erstellt.

Weitere Informationen zum Verlag und seinen Büchern finden Sie im Internet unter:

www.novumverlag.com

Bewerten
Sie dieses **Buch**
auf unserer
Homepage!

www.novumverlag.com